원이 엄마의 편지

원이 아버지에게

병술년(1586년) 유월 초하룻날 아내가

당신은 언제나 저에게 둘이 머리가 희어질 때까지 살다가 함께 죽자고 하셨습니다. 그런데 어찌 저를 두고 당신 먼저 가십니까? 저와 어린아이는 이제 누구 말을 듣고, 누구를 의지하며 살라고 먼저 가십니까?

당신, 저에게 어떻게 마음을 가져오셨나요? 저는 당신에게 어떻게 마음을 가져왔나요? 함께 누우면 언제나 저는 당신에게 말하곤 했지요. "여보, 다른 사람들도 우리처럼 서로 어여삐 여기고 사랑할까요? 남들도 정말 우리 같을까요?" 당신은 우리가 나눈 이야기를 잊으셨나요? 그런 일을 잊지 않으셨다면 어찌 저를 버리고 그렇게 가시는가요?

당신을 잃어버리고 아무리 해도 저는 살아갈 수가 없습니다. 빨리 당신 곁으로 가고 싶습니다. 어서 저를 데려가주세요. 당신을 향한 마음을 이승에서는 잊을 수가 없어요. 이 서러운 마음을 어찌할까요? 이제 제 마음을 어디에 두고 살아야 할까요. 어린 자식을 데리고 당신을 그리워하며 살아갈 날을 생각하니 아득하기만 합니다.

이내 편지 보시고 제 꿈에 와서 자세히 설명해주세요. 어째서 그토록 서둘러 가셨는지요? 어디로 가고 계시는지요? 언제 우리는 다시 만날 수 있는지요? 우리는 헤어지지 않을 것이라고 하셨지요? 어떤 운명도 우리를 갈라놓을 수 없을 것이라고 하셨지요? 우리 함께 죽어 몸이 썩더라도 우리는 헤어지지 않을 것이라고 하셨지요? 저는 그 말씀을 잊지 않았습니다. 이렇게 편지를 써서 넣어드립니다. 당신, 제 꿈에 오셔서 우리 약속을 잊지 않았다고 말씀해주세요. 어디에 계신지, 우리가 언제 다시 만날지 자세히 말씀해주세요. 당신 뱃속의 자식 낳으면 보고 말할 것이 있다고 하셨지요? 그렇게 가시니 뱃속의 자식을 낳으면 누구를 아버지라 하시라는 것인지요?

아무리 한들 제 마음 같겠습니까? 이런 슬픈 일이 하늘 아래 또 있겠습니까? 당신은 한갓 그곳에 가 계실 뿐이지만 아무리 한들 제 마음같이 서럽겠습니까? 한도 없고 끝도 없어 다 못 쓰고 대강만 적습니다. 이 편지를 자세히 보시고 제 꿈에 와 당신 모습 자세히 보여주시고 또 말씀해주세요. 저는 꿈에서는 당신을 볼 수 있다고 믿습니다. 아무도 몰래 오셔서 보여주세요. 하고 싶은 말, 끝이 없습니다.

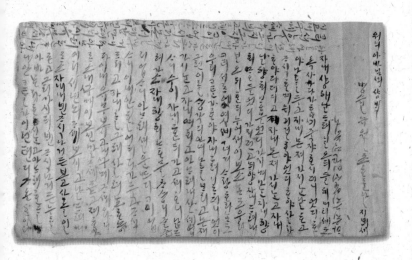

소설 『능소화』의 모티브가 된 ‘원이 엄마의 편지’.
1998년 안동의 무덤에서 남자의 미라와 함께 발견되었다.
먼저 저세상으로 떠난 남편에게 하고픈 말이 많았으나
더 이상 쓸 자리가 없어 종이를 옆으로 돌려 여백을 채웠다.

자료제공 : 안동대학교 박물관

4백 년 전에 부친 편지

능소화

초판 1쇄 발행 2006년 9월 20일 **초판 29쇄 발행** 2024년 8월 8일

지은이 조두진
펴낸이 최순영

출판2 본부장 박태근
스토리 독자 팀장 김소연
기획 설완식

펴낸곳 ㈜위즈덤하우스 **출판등록** 2000년 5월 23일 제13-1071호
주소 서울특별시 마포구 양화로 19 합정오피스빌딩 17층
전화 02) 2179-5600 **홈페이지** www.wisdomhouse.co.kr

ISBN 89-5913-176-8 03810

4백 년 전에 부친 편지

능소화

조두진 지음

 예담

■ **일러두기**
이 소설은 경북 안동의 무덤에서 발견된 '원이 엄마의 편지'와 몇몇 실존인물들을 바탕으로
작가가 허구적으로 구성하였음을 밝힙니다.

차례

백 년 전에 부친 편지

당신이 떠난 줄 알지만 저는 자주 놀랍니다. 낮은 발소리에도 놀라고 낙엽 뒹구는 소리에도 놀랍니다. 나뭇잎이 공연히 떨어지고 발소리가 저 혼자 날리 있겠습니까. 저는 잎 지는 소리에 당신이 왔음을 압니다. 초겨울 빈 가지에 걸린 달빛이 홀로 외롭습니다.

1998년 4월 택지개발이 한창이던 안동시 정상동 산기슭에서 비석도 없는 무덤이 발견됐다. 이 무덤은 특이하게도 사방이 덩굴나무로 둘러싸여 있었는데, 무덤에서는 4백여 년 전 조선시대에 죽은 사람의 미라와 가족들이 써 넣은 편지가 나왔다.

무덤은 조선 명종 때 사람 이응태의 것이었다. 관에서는 미라와 함께 죽은 자의 형 몽태가 부채에 쓴 한시, 만시(죽은 사람을 애도하는 시) 등 한문 아홉 장, 한글과 한문 병용 석 장, 죽은 이의 아내가 한글로 쓴 편지와 머리카락을 잘라 만든 미투리가 나왔다. 놀라운 점은 다른 사람이 쓴 글들은 모두 심하게 상했지만 죽은 이의 아내가 쓴 글은 거의 원래 상태를 유지하고 있다는 것

9

능소화

이었다.

아내의 편지는 남편이 죽고 난 다음 쓴 글인데, '원이 아버지께'라는 제목으로 시작하는 것으로 보아 죽은 이와 글쓴이 사이에 원이라는 아이가 있었던 모양이다. 편지의 내용은 남편 잃은 안타까운 심정과 앞으로 살아갈 막막한 세월에 대한 것이었다.

파묘 작업 후 여러 분야의 학자들이 영역을 나눠 연구에 들어갔다. 내가 편지글의 판독을 맡았고 고고 의상학을 전공한 우리 대학의 박미란 교수가 조선시대 복식을, 대구 K대학의 장형수 교수가 근처의 다른 무덤과 달리 유독 이 무덤의 시신만 썩지 않은 이유를 지질학적으로 연구하기로 했다. 일차 연구기한은 한 달이었고 성과 여부에 따라 더 많은 연구지원을 하겠다는 게 문화재 관리청의 방침이었다.

내가 맡은 편지 판독작업은 보름 만에 끝났다. 고어라고는 해도 한글 편지 몇 장과 한시 몇 편을 판독하고 현대어로 옮기는 데 보름 이상 걸리고 말 게 없었다. 게다가 아내가 쓴 편지는 보존상태가 워낙 좋아서 앞뒤를 끼워 맞추거나 추론할 필요조차 없었다. 판독 작업을 끝낸 후 나는 지체 없이 그 내용을 문화재 관리청으로 넘기고 편지에 대해 잊었다.

그 후 며칠 동안 신문과 방송에서 4백여 년 전 무덤에서 나온 미라와 편지, 복장 등에 대한 특집을 다루기도 했지만 나는 별 관심을 갖지 않았다. 편지는 젊어서 남편을 잃은 아내의 안타까운 마음을 담고 있었지만 특별히 학술적인 가치도, 흥미로운 이야기도 없었다. 편지를 쓴 여인이 젊어서 남편을 잃었다는 점이 일찍 아내를 잃은 내게 남다른 느낌을 주기는 했지만 그저 편지 한 장으로는 이렇다 할 학문적 접근이 어려워 보였다.

며칠이 지나 신문과 방송들도 4백여 년 전의 미라와 편지에 대해 무관심해질 즈음 내 연구실로 전화가 한 통 왔다. 일본 간사이 외국어대학교 한국어과 기타노 노부시貴多野乃武次 교수였다. 그는 지난해부터 서울의 Y대학교에 교환 연구교수로 와 있다고 했다. 기타노 교수는 얼마 전 신문에서 4백여 년 전 미라에 관한 기사를 읽었다며, 자신에게 상당한 분량의 조선 여인의 글이 있는데 그 글이 무덤에서 나온 미라와 연관이 있는 듯하다고 했다. 그는 내게 두 글의 연관성을 판단해달라고 요청했으며 사흘 후 우리 학교로 일부러 찾아왔다.

기타노 교수는 글의 원본 몇 장과 복사본 수십 장을 내놓았는데 신문기사를 읽고 간사이 대학교 민속박물관에 복사본과 원본 몇 개를 보내달라고 부탁해 받은 것이라고 했다. 원본 글은

11

방출이 어려워 복사본이 진짜임을 증명할 정도의 분량만 겨우 받았다고 했다.

기타노 교수가 가져온 조선 여인의 글은 남편에게 부치는 편지 형식으로 쓴 일종의 일기인데 앞 뒤쪽이 떨어져 나간 데다 워낙 심하게 부패하여 함부로 들춰볼 수도 없었다. 군데군데 찢어진 종이를 복사했기 때문에 복사본엔 시커먼 토너 줄이 불규칙적으로 그어져 있었다. 복사본도 상당히 오래된 듯 종이가 누랬다. 기타노 교수는 복사본도 내게 줄 수는 없고, 새로 복사한 후 돌려달라고 했다.

이 조선 여인의 글을 간사이 대학교에 맡긴 사람은 모리타 다카히로守田孝博의 손자 다이마쓰大松다. 모리타 다카히로는 십 수 년 전 일본 정계에까지 영향을 미친 이름난 협객이며 제 나름의 파벌을 가진 조직의 우두머리다. 그리고 그의 먼 할아버지 모리타 나오토는 임진년 조선 정벌에 참가했다. 원래 모리타 가문은 쓰시마에 살았으며 임진년 출병 이후 교토로 이사했다.

통역병으로 참전한 모리타는 경남 합천의 초계와 밀양을 거쳐 안동, 상주로 들어갔다. 안동에서 그가 속한 군대는 큰비를 만났고 거의 보름 동안 움직이지 못하고 마을에 처박혀 지내게 되었다. 당시 안동의 조선인들은 대부분 일찌감치 피난을 떠난 상태였다. 특히 양반들과 부잣집들이 재물을 싸서 피난을 떠나는 바람에 기품 있게 지은 집들 중에 빈집이 많았다.

모리타 나오토는 안동 일대를 하릴없이 돌아다녔다. 그때 한 조선인 양반 저택에서 이 글을 수집하게 되었다. 이 저택은 한눈에 보기에도 기품이 넘쳤고 마지막 순간까지 피난을 망설이다가 몸만 빠져나간 듯 가재도구들이 거의 그대로 남아 있었다. 통역병인 모리타는 조선어를 읽고 쓸 줄 알았으며 자신이 발견한 글이 군사전략상 도움이 될 만한 문서가 아님을 알았지만 부부간의 안타깝고도 아름다운 사연을 담은 데다 그 문체가 기품이 있어 따로 보관했다.(모리타 나오토, 『조선 출병기』, 2권 129쪽 참조)

기타노 교수가 가져온 조선 여인의 글에는 간단한 제목이 붙어 있을 뿐 날짜도 글쓴이도 드러나지 않았다. 말하자면 그가 가져온 글이 안동시 정상동 무덤에서 미라로 발견된 이의 아내가 쓴 글이라는 명확한 증거는 없는 셈이다. 그러나 무덤 속에서 나온 아내의 편지글이 '원이 아버지께'로 시작하는 것과 마찬가지로 기타노 교수가 가져온 글에도 아들 원이에 대한 이야기가 포함돼 있다는 점이 동일인의 글이라는 확신을 갖게 했다. 기타노 교수가 가져온 글은 그들 부부가 처음 만났을 때부터 남편이

능소화

병들어 죽을 때까지의 과정과 아내 자신의 생각을 마치 죽은 남편에게 편지 쓰듯 기록하고 있었다.

"어떤가요? 동일인의 글 같아 보이지 않습니까?"

기타노 교수는 양손에 원고를 들고 번갈아 쳐다보며 내용을 비교했다. 그는 아직 사십대 초반이지만 정수리 부분이 잘 다듬어놓은 운동장처럼 훤했다.

미라로 발견된 인물 이응태가 서른한 살의 나이로 요절한 해는 병술년(1586)이다. 그리고 임진왜란(1592~1598년)에 참전한 모리타 나오토가 이 글을 안동에서 발견했다는 점이 시간적으로나 공간적으로 아귀가 맞았다. 무덤에서 나온 편지에 언급된 원이와 기타노 교수가 가져온 글에 등장하는 원이는 아무리 봐도 같은 인물 같았다. 물론 두 글 모두 글쓴이와 날짜 표기가 전혀 없기 때문에 같은 사람의 글이 분명하다고 단정하기는 어렵다. 그러나 연대기적 배경과 안동이라는 동일한 공간, 젊어서 남편을 잃었다는 개인적 처지로 볼 때 두 글은 동일인의 글처럼 보였다.

무덤에서 나온 글뿐만 아니라 기타노 교수가 가져온 글에도 날짜가 없기 때문에 정확한 순서를 알 수는 없었다. 나는 사건의 정황에 따라 순서를 조정하고 부족한 부분엔 이음매를 보충해 한 편의 이야기로 엮었다. 물론 내가 조정한 순서와 덧붙인 이음매가 당시의 상황을 그대로 재현했다고 보는 데는 다소 무리가 따른다.

붉고 큰 꽃송이로 피어난 사랑

바람이 불어 봄꽃이 피고 진 다음, 다른 꽃들이 더 이상 피지 않을 때 능소화는

붉고 큰 꽃망울을 터뜨려 당신을 기다릴 것입니다. 큰 나무와 작은 나무, 산짐

승과 들짐승이 당신 눈을 가리더라도 금방 눈에 띌 큰 꽃을 피울 것입니다.

꽃 귀한 여름날 그 크고 붉은 꽃을 보시거든 저인 줄 알고 달려와주세요.

이응태(1556~1586년)는 조선 명종 때 사람이다. 고성 이씨로 만석 꾼인 이요신의 둘째 아들로 경북 안동에서 태어났다. 응태는 조 선 사람으로는 큰 키인 육 척에 기골이 장대하고 용력이 넘쳤다. 어깨는 넓었고 근육이 잘 발달한 장딴지는 들판을 달리는 말의 궁둥이처럼 단단했다. 이목구비가 뚜렷한 얼굴에는 윤기가 넘쳤 다. 싱그러운 두 눈은 사냥감을 노리는 매처럼 빛났고 꽉 다문 입술은 붉었다.

안동의 세도 가문에서 태어난 데다 영특해 『천자문』과 『동 몽선습』, 『소학』을 일찌감치 읽었다. 열다섯 살에 이미 사서삼경 을 읽었고 완전하지는 않지만 주역周易도 배워 나름대로 괘卦를 빼보는 경지에 이르렀다. 그는 들었다고 함부로 말하지 않았고, 안다고 분별없이 나서지도 않았다. 건실한 성격에 글재주뿐만 아니라 활 실력과 검 실력도 뛰어났다. 대대로 고성 이씨 집안의 전통인 매사냥에서도 남다른 솜씨를 보였다. 마을 사람들은 누구나 응태가 장차 높은 벼슬자리에 오를 것이라고 입을 모았다.

마을 사람들과 멀고 가까운 일가친척들이 입을 모아 응태의 재능과 착실한 성품을 칭찬했지만 아버지 이요신은 아들의 남다른 재기를 입에 올리지 않았다. 오히려 사람들이 둘째 아들의 재능을 칭찬할 때마다 낯빛이 어두워졌다. 일가친척들이 모인 자리에서 응태를 두고 칭찬하는 말이 나오면 은근히 자리를 떴다. 그리고 이야기가 딴 데로 돌아간 후에야 슬그머니 제자리로 돌아와 앉았다. 눈치가 빠른 사촌형제들조차 이요신의 이런 행동을 제 자식 칭찬 듣기가 열없어 그런 줄로만 알았다. 그러나 이요신은 사람들이 짐작하는 것보다 훨씬 깊은 고민에 빠져 있었다. 응태를 생각하면 가슴 깊은 곳에서 두려움과 막막함이 밀려왔다. 때때로 가슴이 답답하고 숨이 막혀 주먹으로 가슴을 쾅쾅 쳐대기도 했다. 이요신의 아내가 몇 번 의원을 불렀지만 별 신통한 진맥을 하지는 못했다. 이후로도 여러 차례 진맥해보라고 권했지만 이요신은 손을 저었다.

술에 취해 들어온 이요신은 응태가 책 읽는 소리가 들리면 "그깟 공부는 해서 무엇에 쓰느냐!"고 고함을 쳤다. 이요신은 술을 마셨다고 아무 데서나 화를 내거나 웃는 사람이 아니었다. 아내는 영문을 모른 채 그저 남편의 눈치만 살폈다. 응태가 열여섯 살 때 제 형과 더불어 활로 여우를 잡아오던 날 마을 사람들이 저마다 칭송하는 말을 한마디씩 얹었지만 아버지 이요신은 "그깟 활은 잘 쏘아 무엇에 쓸 것이냐!"고 꾸짖었다. 응태보다 다섯 살 위인 큰아들 몽태의 남달리 뛰어날 것도 없는 시문과 사냥 솜씨에 은근한 미소를 짓던 것과 판이한 모습이었다. 동생 응태보다 글재주가 못한 형 몽태가 후에 과거에 급제하고 군수 자리까지 오른 것을 보면 응태의 재능은 짐작하고도 남을 만했다. 마을 사람들과 친인척들이 앞 다퉈 응태의 재능을 칭찬했지만 이요신은 두려워했다.

둘째 아들 응태가 태어나고 삼칠일이 지났을 때 이요신은 구족암으로 사람을 보내 하운 스님을 집으로 모셨다. 스님은 조계종 제 십육 교구 본산인 고운사孤雲寺의 말사 봉정사鳳停寺에서 조금 더 올라간 산 위에 암자를 짓고 기거했다. 그다지 높지 않은 천등산 이마빼기였다. 스님은 구태여 암자의 이름을 짓지 않았지만 사람들은 누구나 스님의 암자를 구족암이라고 불렀다.

능소화

다리가 아홉 개란 의미인데 하운 스님이 여기저기 세속의 일에 한발씩 끼어놓고 감 놔라 배 놔라 했기 때문에 우스개를 곁들여 붙인 이름이다.

하운은 스님이되 승가의 일보다 속가의 일에 관심이 많았고 마을의 크고 작은 일에 한 다리씩 걸치지 않은 곳이 없었다. 스님의 다리 걸치기가 나쁜 쪽은 아니었다. 약한 자를 돌보고 없는 자를 먹이고 입히는 일, 가난한 자의 대소사를 거들어 이렇게 저렇게 사람을 붙여주는 일이었다. 하운은 자나 깨나 승의僧衣를 벗는 일이 없었지만 예사 스님들처럼 불도를 닦는 스님은 아니었다. 제때 삭발을 하지 않아 덥수룩하게 자란 머리는 파계하고 사바세계로 막 들어서는 사람처럼 보이기도 했다. 그를 두고 "중생이 앓고 있으니 나도 앓는다"고 한 인도의 전설적인 거사 유마힐의 사상을 실천에 옮기는 사람이라고 평가하는 사람들도 더러 있었다. 물론 하운을 스님은커녕 중도 아니고 개잡놈이라고 여기는 양반들도 몇몇 있었다. 그들 대부분은 하운에게 이래저래 돈푼을 빼앗기거나 거머리처럼 달라붙는 통에 억지로 술상을 봐준 사람들이다.

하운 스님은 때때로 주막에 걸터앉아 "내가 이래봬도 진짜 스님"이라며 몇 가지 불경을 되는 대로 외고, 목탁 대신 숟가락

22

으로 사발을 두드렸다. 사람들은 그가 읊어대는 경을 불경으로 여기지 않았다. 술잔을 앞에 두고 두들겨대는 스님의 사발목탁 소리와 염불 소리는 술자리 장단 이상도 이하도 아니었다. 실제로 스님이 읊어대는 불경은 세속의 음란한 이야기와 절묘하게 어울렸다. 그가 술자리에서 읊어대는 염불은 세속의 음란사로 완전히 빠지는 날이 대부분이었고, 기묘하게 흐르다가 가끔 불경으로 되돌아가는 일도 있었지만 매우 드물었다. 승가에 매인 몸이지만 그의 말투와 행동은 사바세계 저잣거리의 왈패보다 분방했다.

이요신은 부처의 세계와 인연을 맺지 않았고 절을 찾지도 않았다. 그는 실체와 마주 선 무인이었다. 보이는 것, 잡히는 것, 잡아야 할 것, 달아나려는 것, 막아야 할 것들이 그가 마주선 상대였다. 그는 정치하는 무인이 아니었다. 오직 나라의 부름에 나아가고, 머물고, 물러섰다. 몸과 마음은 늘 팽팽한 긴장을 유지했다. 수련을 위해 나이 든 후에도 사냥을 게을리 하지 않았다. 칼 찬 무인에게 살생을 금하는 부처의 도리는 어울릴 성싶지도 않았다. 그런 그가 하운 스님을 알게 된 것은 스님이 오히려 부처의 세계와 일정하게 거리를 둔 사람이기 때문인지도 모른다.

명종 8년(1553) 2월이었다. 응태가 태어나기 삼 년 전이었다.

능소화

경칩이 지났지만 바람은 여전히 맵고 찼다. 말을 타고 반각 이상을 달려야 등에 땀이 눅눅하게 맺힐 정도로 날씨는 차가웠다. 이요신이 사촌동생들과 더불어 사냥을 마치고 돌아오는 길에 들른 주막에서 하운을 보았다. 해가 지고 저녁때가 되어가는 무렵이었다. 뜨뜻한 장국이라도 말아먹고 가자는 동생의 말을 따른 터였다. 함께 사냥에 나선 아랫사람들도 맥 빠진 낯빛이 역력했다. 저녁때라 주막은 들고나는 손들로 꽤나 시끌벅적했다. 하운은 사람들에 둘러싸여 저잣거리에서나 떠돌 법한 저속한 음담으로 좌중을 장악하고 있었다. 떠돌이 장사치들이 둘러앉은 술자리에서는 웃음소리가 떠나지 않았다.

"규수는 앙탈하니 어르고 달랜 후 삽입하고, 유부녀는 유주有主하니 사주경계 후 삽입하고, 과부는 무주하니 수시 삽입하고, 할망구는 뻑뻑하니 기름칠 후 삽입하고⋯⋯."

요망하고 잡스러운 이야기들이었다. 돌중의 혓바닥에서 요망한 말들이 설쳐댔지만 아랫사람들이 모여서 떠드는 자리에 뭐라고 말을 거드는 것도 양반의 체통에 어울리지 않았다. 종일 달리느라 지친 말을 쉬게 하고, 까슬까슬한 목을 축일 요량으로 사촌들과 들른 주막이었다. 못 들은 척 장국이나 말아먹고 일어서면 그만이었다.

한창 농을 풀던 하운이 주모를 불러 안주를 청했다. 주모가 안주 값은 누가 치를 것이냐고 했고, 스님은 "왜? 술값 떼먹을까 봐? 누가 내겠지 뭐, 씨발!"이라고 답했다. 좌중이 또 한번 웃음을 터뜨렸다.

"아이고, 스니임, 오늘은 그만하세요."

콧소리가 다소 섞이기는 했지만 앙칼진 목소리였다. 하운은 주모의 앙칼진 목소리에 연연하지 않았다. 오히려 행주로 상을 닦는 주모의 커다란 궁둥이를 손으로 주물러댔다.

"스님, 그만하시오이?"

"우히히, 자고로 물고기는 펄떡거려야 제 맛인기야. 하이고 고년 궁둥이 한번 실팍하네. 오늘 저녁에 같이 한번 엎어져서 뒹굴어보까?"

"그만 하시오이잉!"

하운이 얼굴을 주모의 얼굴에 바싹 대고 궁둥이 잡은 손에 힘을 주었다. 주모는 궁둥이에 아교처럼 척 달라붙은 하운의 손을 거칠게 떨쳐냈다.

사정을 좀 보아달라는 말에도 주객들이 뜰 생각을 않자 행주로 상을 훔치는 주모의 손이 거칠어졌다. 그 거친 손짓은 '그만 일어나 가주시오'라고 말하고 있었다. 해가 지고 땅거미가 내

리고 있었다. 먼 데서 오는 길손들이 주막을 찾아 스며들 시간이
었다. 공연히 스님이 자리를 차지하고 앉아 있으면 손님 떨구기
십상이라는 것이다. 그런 일이 한두 번 있던 게 아닌 듯했다. 때
마침 하운은 이요신 일행이 사냥에서 잡아와 평상 아래 던져둔
꿩을 보았다.

"씨바, 주모, 지금 안주값 없다고 그러는 거여? 그러면 저
꿩 새끼 몇 마리 구워내면 되겠네!"

'하, 이놈 봐라.'

이요신은 그러지 않아도 요망한 돌중이 거슬리던 참이었
다. 그의 눈치를 알아차린 사촌동생 하신이 미소 띤 얼굴로 어
서 떠나자고 말했다. 공연히 저잣거리에서 아랫사람들과 시비
가 일어났다는 소문이 퍼지면 집안 체면에 도움 될 게 없었다.
하신은 요신보다 나이가 다섯이나 아래지만 세상 이치에는 더
밝았다. 요신은 쯧쯧 혀를 차면서 하신의 생각을 좇아 자리에서
일어섰다.

"주모, 여기 얼마요?"

하신이 물었고 주모가 "예에, 갑니다" 하며 쪼르르 달려오는
순간, 주모의 치맛자락이라도 붙잡고 쫓아오듯 하운 스님의 컬
컬한 목소리가 따랐다.

26

"하, 씨바. 하늘에서 떨어진 고기에 주인이 어딨노? 아무나 잡은 거, 아무나 묵으면 되지. 하늘 날아다니는 짐승고기에 주인이 어딨다고 지랄을 해쌌노?"

돌중은 이요신 일행을 향해 대놓고 시비를 걸어왔다. 그때까지 하운 스님 주위에 둘러앉아 웃음을 흘리던 객들은 뚝! 입을 다물었다. 이요신 일행의 행색으로 미루어 여간한 집안 사람들이 아니라는 것을 알아차리고 슬금슬금 괴나리봇짐을 찾아 메는 자도 나왔고, 이거 재미있겠다, 어디까지 가는지 보자며 기다리는 축들도 있었다.

"스님, 말씀을 삼가시오. 수행하는 스님이 저잣거리 왈패들처럼 굴어서야 쓰겠소. 부처님이 노하십니다."

"빈도는 수행 같은 거 모릅니다. 수행이야 돌중들이나 하는 것이지……. 수행한답시고 공양만 축냈지 아무런 공덕도 없는 돌중들 말이외다."

"그럼 스님은 득도라도 하셨단 말씀이오?"

하신이 빈정거렸다.

"도를 이루지 못하면 어떻습니까? 미욱한 인간으로 태어나 도에 이르지 못하고 윤회에 윤회를 거듭하면 어떠하오이까? 봄이 가고 여름이 가고, 가을과 겨울이 오고가는 게 세상인데, 세

27

상이 어디 윤회로 인해 괴롭더이까? 삼라만상이 윤회올시다. 삼라만상의 모든 살아 있는 것들과 죽은 것들이 윤회에 기대어 살고 있소이다. 내일이 다시 오지 않는다면 얼마나 허망하오이까. 그러니 내일 또 잡으면 될 꿩 새끼 몇 마리 나눠주고 가시오."

하신이 발끈하는 것을 이번에는 요신이 막았다. 요신은 꿩 두 마리를 풀어 주모에게 건네고 꿩 요리 값에다 왈패들의 탁주 값까지 치르고 자리를 떴다.

하운 스님과 만남은 그렇게 시작됐다. 스님은 돌중처럼 보였지만 가난하고 무지한 사람들을 속이며 패악을 일삼는 돌중은 아니었다. 그는 자기 절도 없는 떠돌이지만 절에 욕심을 내지 않았다. 무엇보다 스님의 다라니경 치는 솜씨와 주역과 명리학에 대한 깊은 이해에 요신은 감명을 받았다. 주역에 능한 만큼 스님은 가고 오는 일을 밝은 눈으로 굽어 살필 줄 알았다. 하운은 송나라 사람 자평이 쓴 책으로 음양오행학이 구체화된 『연해자평淵海子平』을 줄줄 꿰었고 『궁통보감宮通寶鑑』, 『택일전서擇日全書』, 『지리대전地理大典』 등 운명학 서적을 꿰뚫고 있었다. 고래로 전해오는 이론뿐만 아니라 세속사에 간여하면서 실제 경험과 명상을 통해 이론의 부족함을 명확하게 깨닫고 있었다. 나중에 안 사실이지만 하운 스님의 다라니경 치는 솜씨는 조선 불교계에서 제일이라고 했다.

주막에서 처음 만나고 두 달이 지난 어느 날 하운은 청주 두 병을 들고 이요신의 집을 찾아왔다. 지난날 주막에서 얻어먹은 탁주와 생치(꿩고기) 값이라며 스님은 웃었다. 세상은 돌고 도는 것이고, 돌아서 좋은 세상이라고 중답지 않은 말도 빼놓지 않았다. 이후 하운은 오고가는 길에 이요신의 집에 들렀고, 때때로 이요신이 그의 암자로 사람을 보내거나, 직접 암자로 스님을 찾아가기도 했다. 이런 인연으로 나중에 하운 스님이 입적했을 때 요신은 스님을 애도하는 제문과 행장, 어록을 짓기도 했다.

하운의 기행은 어제오늘의 일이 아니었다. 그는 법당에 틀어박혀 나무아비타불 염불로 사리 나오기만 염원하며 늙고 죽어가는 것은 땡중들이나 하는 짓이라고 거침없이 쏟아냈다. 그는 면벽面壁의 도를 닦지 않았다. 언제나 탁발을 다녔고, 탁발에 나설 때마다 저잣거리의 장사치나 왈패, 상것들과도 어울렸다. 그렇게 어울리며 시시한 잡담을 늘어놓기를 수행처럼 했다. 저잣거리의 왈패들과 어울리지 않는 날엔 술에 취해 있거나 무심한 얼굴로 턱 괴고 졸기 일쑤였다.

하운은 승가의 사람이지만 승가보다 속가에 머무는 시간이 많았다. 그래서 세속의 사람들은 스님이 절 집에서는 푸대접을

29

받는 줄 알았다. 그러나 막상 스님이 입적했을 때 오일장 내내 단 한순간도 하운의 극락왕생을 비는 스님들의 염불소리가 그치지 않았다. 스님들은 하운을 무애인無碍人이라고 입을 모아 칭했다. 승려란 세속의 온갖 인연과 욕망을 초월한 자들이지만 실제로 승가에서는 그렇지 못했다. 세속을 떠난 스님들은 승가의 질서 속에서 여전히 아등바등했다. 그러나 하운은 승가에서도 세속에서도 매이지 않았고 거치적거릴 것이 없었다. 그의 몸은 사바에 머물렀지만 마음은 극락에 머물렀다.

"이름은 사주팔자에 커다란 영향을 줍니다. 선천운이 나쁘면 후천운으로 보할 수 있는 일입니다. 후천운 중에 중요한 것이 이름과 머무는 집이옵니다. 사주가 빠지면 이름으로 능히 보할 수 있고 머무는 곳을 옮겨 액을 피할 수 있습니다."

이요신의 처가 둘째 아이를 낳았을 때 하운은 난데없이 이름과 거처에 대해 이야기했다. 사주가 중요하다고 늘 말하던 하운이었다. 사람의 운명은 사주에 들어 있다고 입버릇처럼 말한 그였다. 그런 그가 이요신이 내민 둘째 아들의 사주를 앞에 놓고 앉아, 눈을 감은 채 어깨를 좌우로 한참 흔들흔들하더니 이름 이야기를 꺼낸 것이다. 요신이 기다리던 아이의 사주 얘기는 온데간데없었다.

이전의 이요신이라면 따로 고민하고 말 것도 없이 항렬에 따라 아이의 이름을 지었을 것이다. 그러나 하운의 밝은 눈과 이치를 접한 후로 그는 망설였다. 큰아들 몽태夢台의 이름은 항렬을 따라 지었다. 둘째 아들 역시 끝 자를 항렬에 따라 지을 생각이었다. 큰아들의 이름은 살아 계시던 아버지가 지어주셨다. 그러나 둘째 아들을 가졌을 때 아버지는 노환으로 돌아가셨다. 이요신도 공부를 게을리 하지는 않았지만 작명에까지 관심을 갖지는 않았다. 그보다는 활쏘기와 검 다루기에 더 많은 관심을 두었다. 문반 집안 사람이라면 웬만한 이름 정도는 지을 수 있을 것이고, 더 나아가 주역과 명리학에도 관심을 기울이는 이가 더러 있었다. 그러나 요신은 무예에 큰 관심을 기울였고 책상머리에 앉기보다 들판으로 매사냥 나가기를 좋아했다. 자고로 무인이 실체 없는 것들에 지나치게 신경을 곤두세우면 나아갈 수 없는 법이라고 믿었다.

얼굴이 넓적하고 볼 살이 두툼한 이요신은 어째야 하느냐는 표정으로 스님을 올려다보았다. 두껍고 검은 손이 초조한 듯 마주잡혀 있었다. 두 손은 활과 살을 잡을 때처럼 각각 제게 주어진 일을 해야 했다. 그러나 오늘 요신의 큰 손은 혼자 있기가 두려운 듯 마주잡은 채 가늘게 떨고 있었다. 손에 땀이 묻어나고 있음을 알아차렸을 때 요신은 문득 '나도 나이를 먹었구나' 생각했다.

스님은 눈을 감은 채 대답하지 않았다. 침묵이 오히려 마뜩치 않았다. 하운의 성품을 익히 알고 있었기 때문이다. 죽느니 사느니, 부적을 써야 하느니, 제를 올려야 하느니 하는 실없는 말을 뱉어낸다면 그만그만하거나 좋은 팔자라는 것이다. 그저 그런 팔자라면 이런저런 핑계로 술상이나 한번 받자며 농을 치고 나설 위인이 하운이었다. 그는 그런 사람이었다. 심각할 것이 없는 일이라면 상다리 부러질 정도로 술상을 차리라고 농을 치거나, 어처구니없는 부적을 써야 한다면 요란을 떨고도 남을 위인이었다. 그러나 둘째 아들의 사주를 놓고 스님은 침묵했다. 어떤 예언이 떨어진 것도 아닌데 요신은 근거를 알 수 없는 두려움에 휘감겼다.

요신은 차라리 스님을 만나지 않았다면 좋았겠다고 생각했다. 스님을 알게 된 후 보이는 것이 전부가 아님을 알았다. 보이지 않는 세상, 굳센 활이나 단단한 검으로 잡을 수 없는 적들, 부수거나 물리칠 수 없는 적들, 굵은 쇠줄로도 묶어둘 수 없는 것들이 하늘 아래 함께 존재한다는 사실을 알았다. 세상을 더 많이 알고, 영민해졌다고 말할 수도 있었다. 그러나 제 힘으로 어찌지 못할 것들이 하늘 아래 함께 있음을 알게 되었다고 해서 더 현명해졌다고 할 수는 없었다. 여태까지 모르던 두려움이 똬리를 틀고 앉았기 때문이다. 스님을 알게 된 후 요신은 있는 힘껏 박차를 차지 않았고 말이 더 이상 달릴 수 없을 만큼 몰아붙이지 않았다. 시위를 힘닿는 대로 당길 수도 없었다. 언제나 조금 부족한 상태를 유지했고, 한발 물러서 있는 편을 택했다. 호탕함은 갈수록 물러섰고, 저어하는 마음이 영역을 넓혀왔다. 사촌동생 하신은 "형님도 나이를 먹으신 모양입니다"라고 말했지만, 요신은 그것이 나이 탓인지 하운 스님 탓인지 종잡을 수 없었다. 그렇다고 하운 스님의 말에 넋을 잃거나 그의 생각을 허둥지둥 좇아온 것도 아니었다.

"참봉어른……."

하운은 허리를 숙이고 앞으로 다가왔다. 요신은 저도 모르게 스님을 향해 허리를 굽히고 머리를 기울였다.

"아드님이 장차 소화꽃을 들고 집으로 오실 것입니다."

"⋯⋯. 무슨 말씀이신지?"

"소화는 기품이 넘치는 아름다운 꽃입니다. 원래 이 세상의 꽃이 아니라 하늘의 꽃이라고 합니다. 하늘정원에 있던 꽃을 누군가가 훔쳐 인간세상으로 달아났다고 합니다. 그 아름다움은 이 세상에 따를 것이 없고 사람들이 다투어 어여삐 여깁니다. 우리나라에서도 궁궐과 양반가에서 그 꽃을 심고 즐겨온 것이 수백 년이옵니다. 위낙 기품 있는 꽃인 만큼 양민이나 천민들은 감히 가까이할 수 없는 꽃이옵니다. 상민이 제 집에 소화를 심으면 이웃 양반가의 노염을 사 매를 버는 지경이지요. 누구나 가까이하기엔 아까우리만큼 기품이 넘치는 꽃이기 때문이옵니다. 사람은 소화의 아름다움에 넋을 잃기 십상이나 그 속에는 사람의 눈을 멀게 하는 독이 있습니다."

"⋯⋯."

"아드님이 소화꽃의 독을 피할 수 있다면 나라를 누란의 위기에서 구하고 큰 공을 세울 것입니다. 둘째 아드님이 성년이 될 즈음 나라 안팎이 요동치고 나라 밖 남쪽에서 지금껏 겪어보지 못한 거센 바람이 불어올 것입니다. 아드님은 이 거센 바람을 막을 국량(나라의 들보)으로 성장할 것이옵니다. 그러나 그에 앞서 소화꽃의 독을 피해야 하옵니다. 아드님에게 소화꽃의 독은 남쪽 바다를 건너 밀려오는 대군의 적보다 더 무서운 적이올시다."

"소화의 독이라니요. 좀 더 소상히 말씀을……."

"아드님이 붉고 큰 소화꽃을 안고 집으로 들어오는 때가 올 것입니다. 내치셔야 합니다. 돌아보지 말고, 생각하지 말고 거칠게 내치셔야 합니다. 그날은 틀림없이 사방에 검은 구름이 낮게 깔린 날일 것입니다. 역병이 돌고 소문이 어지러운 날일 것입니다. 사람들이 제 집에 불을 지르고, 사람고기를 먹은 미친개들이 요상하게 짖으며 마을을 어슬렁거릴 것입니다. 개들이 어린아이와 기운 빠진 늙은이를 잡아먹으며 괴이한 소리로 울어대는 시절일 것이옵니다. 어둡고 축축하고 바람이 사나운 날일 것입니다. 고요한 날을 기다리시면 늦습니다. 맑고 고요한 날을 기다리지 말고 내치셔야 합니다. 거친 날이 잦아들고 맑고 고요한 날이 왔을 때는 늦습니다."

하운 스님의 목소리는 낮았지만 결연했다.

"소화는 코에 대고 냄새를 맡으면 머리가 상해 미친병에 걸립니다. 그 꽃가루에는 독이 있어 눈에 들어가면 실명합니다. 소화는 멀리서 바라볼 꽃입니다. 만지거나 향을 맡아서는 아니 될 꽃이옵니다. 소화는 아름다우나 근본이 온당치 못한 꽃이옵니다. 이 꽃나무는 죽은 나무를 좋아합니다. 죽은 나무 아래 소화

35

나무를 심으면 덩굴이 죽은 나무 줄기를 타고 하늘로 올라가 아름다운 꽃을 피웁니다. 산 나무 아래 심으면 산 나무를 죽이고 핍니다. 산 사람이 소화를 가까이하면 정신을 잃고 눈을 잃습니다. 하늘에 있는 정원에서 훔쳐온 꽃이라고 하옵니다. 하늘정원을 지키는 신은 팔목수라八目修羅로 눈이 여덟 개나 달렸다고 합니다. 그 팔목수라가 지금도 소화를 훔쳐 인간세상으로 달아난 자를 찾아 천지를 헤매고 있다 하옵니다. 그 모습이 하도 흉측해 눈이 마주치면 눈이 멀고, 몸에 닿으면 육신에 종기가 돋아 죽는다고 하옵니다. 팔목수라가 헤집고 지나간 고을과 골짜기는 쑥대밭이 되고 풀 한 포기 자랄 수 없다고 하옵니다. 사람들이 미쳐서 날뛰고 소와 말, 개와 닭이 사람 말을 지껄이며 팔목수라의 명을 받든다고 하옵니다. 무섭고 흉측한 일이 아니옵니까? 이 괴이한 일이 모두 하늘꽃 소화를 훔쳐 달아난 것에서 비롯됐다고 하옵니다. 하늘정원에서 자라는 꽃을 사람이 훔쳐 달아났으니 어찌 화가 없기를 바라겠습니까? 소화는 아름답다 하여 가까이 할 꽃이 못 됩니다."

"허어."

이요신은 한숨을 쉬었다. 자신도 소화꽃의 아름다움을 일찍이 즐기고 있던 터였다. 아름다운 꽃이 가시를 숨기는 것은 지극히 당연하나 치명적인 독을 품고 있다면 그것이 어찌 꽃이란 말인가? 게다가 무시무시한 팔목수라가 소화를 훔친 자를 쫓아 인간세상을 헤집고 있다니, 생각만 해도 소름이 돋았다. 요신은 하운 스님이 말하는 소화가 아들을 두고 하는 말인지, 아들의 재주를 일컫는 말인지, 장차 아들이 만나게 될 어떤 인연이나 우주의 천기를 말하는 것인지 알 수 없었다.

"스님, 어찌 하면 좋겠습니까?"

"참봉어른이 아드님에게 바라시는 것이 무엇인지요? 글재주와 검솜씨입니까? 부귀와 공명입니까? 건강과 장수이옵니까? 손짓 하나 발짓 하나 예에 어긋나지 않는 반듯함이옵니까? 착하고 아름다운 며느리와 다복이옵니까?"

하운 스님은 자식의 글재주와 검솜씨는 나중의 일이라고 했다. 자식 된 자가 도리를 하자면 제 몸을 잘 간직하여 부모의 가슴에 무덤을 만들지 않는 것이 먼저임을 누가 의심하겠는가? 자식이 비록 재주가 있으나 요절한다면 무엇에 쓸 수 있겠는가? 자식이 비록 아름답고 어진 아내를 맞이한다 한들 요절한다면 무슨 소용이 있겠는가? 부귀와 공명은 나중 중에서도 맨 나중 일이라고 힘주어 말했다.

하운 스님의 속삭임에 요신은 뒤로 털썩 주저앉았다. 식은땀이 났고 몸에서 물기와 함께 힘이 남김없이 빠져나가는 듯했다.

　이요신과 하운 스님은 사랑방에서 오래 이야기를 나누었다. 새로 태어난 아들 이야기로 시작했지만 나중에는 세상 돌아가는 이야기로 이어졌다. 스님은 이야기 끝에 아들 이름을 '응태'라 지어주었다. 항렬을 따라 짓는 것은 양반집의 도리였고, 사주를 고려해도 항렬 이름이 문제가 되지는 않는다고 말했다. 스님을 몰랐다면 생각하고 말 것도 없이 항렬자를 따랐을 것이다. 그러나 주역의 대가인 스님을 알고 난 후로 요신은 스님의 생각이 자신의 생각과 다를 때마다 목에 가시가 걸린 듯한 기분이었다. 그러나 하운 스님은 항렬 이름이 나쁘지 않다고 했고 그것은 그나마 위안이었다. 나쁜 사주를 보완하려는 마음에서 항렬자를 따르지 않을 경우 문중 어른들에게 어렵고 복잡한 이야기를 드려야 했다. 이치에 닿는 말을 고르고 골라 잘 아뢴다고 해도 문중 어른들이 쉽게 받아들일 성질의 일도 아니었다.

　따르르한 양반집이 그렇듯 이요신의 집에도 주황색의 기품 있는 꽃을 피우는 소화나무가 담에 기대고 자랐다. 뜨거운 여름날 귀부인 같은 꽃을 피우는 소화나무는 이요신이 아이였을 적에도 있었고, 그전에도 있었다. 누가 언제 심었는지 몰랐고 궁금해하는 사람도 없었다. 양반집 담에는 으레 소화나무가 자라고 있었다. 여름날 크고 기품 넘치는 꽃을 피우는 소화나무는 양반가와 일체였다.

　스님이 떠나고 요신은 지체 없이 일꾼들을 사랑 앞으로 불러 모았다. 웬만한 집 안팎의 대소사를 문간방 박 서방에게 맡겨둔 요신이지만 이번만은 직접 나서서 집 안팎의 소화나무를 뿌리째 뽑아내거나 밑동을 잘라버렸다. 여름이면 기품 넘치는 큰 꽃봉오리를 터뜨리던 나무였다. 요신은 군자감軍資監의 참봉參奉을 지냈을 만큼 용력이 대단하고 무예가 뛰어난 사람이었다. 평소 하운 스님과 가깝게 지내기는 했지만 그의 말에 쉽게 마음이 흐트러지는 사람은 아니었다. 그런 그도 자식의 장래에 독이 될지 모른다는 말에는 마음이 몹시 불편했다. 두고두고 고민하느니 잘라버리고 잊어버리는 편이 낫다고 생각했다. 유난히 소화를 아끼고 좋아하던 아내가 곱지 않은 눈치를 주었으나 요신은 개의치 않았다. 소화나무를 모조리 잘라내고 이렇다 저렇다 이유를 알려주지도 않았다.

　산후 조리 중인 아내에게 공연한 근심을 안기고 싶지 않았다. 게다가 벼슬자리에까지 오른 무인이 용렬하게 스님의 엄포에 겁을 집어먹었다는 눈치를 보이고 싶지도 않았다. 실제로 겁을 먹은 것도 아니었다. 다만 돌다리도 두드려보고 건넌다는 마음이었다. 화근을 남길 필요가 없었다. 그렇지 않아도 소화 꽃가루에는 독이 있어 소화를 만진 손으로 눈을 비비면 실명한다는 말을 들은 적이 있었다. 자식이 눈이 먼다면 아무짝에도 쓸모가 없는 일이었다. 요신은 소화를 베어버림으로써 화근을 뿌리 뽑을 수 있다고 믿었다. 화근의 큰 뿌리를 뽑았으니 작은 일에 주의하면 될 일이었다.

응태가 다섯 살을 넘길 무렵부터 책 읽는 소리가 담을 넘지 않은 날이 없었다. 몸집도 또래 아이들보다 훨씬 큰 데다 성격도 활달했지만 책상 앞에서는 진중하게 앉아 책을 읽었다. 열두 살이 넘었을 때 이미 사촌형들과 더불어 서원에 들락거렸다. 이미 몸은 어른만 하고, 어려운 병서도 막힘없이 읽고 익혔다. 이요신은 아들이 글을 깨치는 것이 반갑기도 하고 두렵기도 했다. 자식이 글 읽는 소리를 두려운 마음으로 바라보는 아버지가 있을까. 차라리 자식이 공부에 관심이 없다면 매를 대서라도 가르치려 들었을 것이다. 그러나 내버려둬도 글을 깨치고 스스로 관심을 갖는 것, 게다가 아이답지 않게 진중한 태도가 이요신에게는 오히려 께름칙했다. 하운 스님의 말씀 그대로였기 때문이다.

지금까지 아이가 보여온 모습이 하운의 예언과 일치한다면 앞으로 벌어질 일 역시 하운의 예언과 일치한다는 말이 아닌가. 뒷짐을 지고 느릿느릿 마당을 거닐던 요신은 깊은 한숨을 쉬었다. 응태의 책 읽는 소리가 크고 맑았다.

"이 사주는 부모의 가슴에 묻힐 사주입니다. 이 사주를 가진 자는 영민하고 선하며 밝습니다. 그래서 부모에게 한없는 기쁨을 주지만 이는 오히려 슬픔을 키우기 위한 분탕질일 뿐입니다. 이런 사주를 가진 자는 지리멸렬하여 요절합니다. 그러나 이 사주는 죽어도 죽지 않습니다. 죽어서 사라지지 않고 영원합니다. 그러니 뭐라 말씀드리기 어렵습니다. 살아 있는 사람들에게는 죽은 사람이나 죽지 않는 사주입니다."

이요신은 하운 스님의 이야기를 이해할 수 없었다. 죽어도 죽지 않는 사주라니. 부처님 말씀처럼 이 세상이 환幻이라는 말일까? 도대체 하운은 무슨 말을 하고 싶은 것일까. 그는 무엇을 숨기고 있는 것일까. 스님은 윤회가 끝이 없다고 했다. 끝없는 윤회는 비단 불우한 운명을 타고난 둘째 아들에게 한정된 이야기가 아니었다. 깨달음에 이르지 못하고, 윤회의 고리를 끊지 못하고 거듭 태어나는 자가 어디 한둘이란 말인가? 개나 소, 말과 고양이, 사람과 새 들도 모두 윤회의 고리에서 허덕이지 않는가. 그렇게 보자면 모든 살아 있는 것들은 죽어도 죽지 않은 존재들이었다.

아들은 성장할수록 하운 스님의 예언을 좇아갔다. 마치 닦아놓은 길을 따라 걷는 나그네 같았다. 스님이 집에 들를 때마다 이요신은 물었다.

"드문 사주지요. 여태 이런 사주를 가지고 태어난 사람은 만난 적이 없습니다. 책에서나 만날 수 있는 사주랄까요."

"스님, 적은 적으로 물리치고, 병은 병으로, 소문은 소문으로 물리치는 법 아니겠습니까? 세상에 나타난 불행이 있다면 그 불행을 좇아낼 방도 역시 세상에 있지 않겠습니까?"

"있다마다요. 어쩌지 못할 행불행은 세상에 없습니다. 행이 있으면 그 행을 훼손하는 불행이 있습니다. 불행이 있다면 또한 처방이 있는 법이지요. 그러나 사람이 그 처방에 따를 수 있을지는 알 수 없습니다."

"방도를 알려주신다면 무엇인들 못하겠습니까? 자식을 가슴에 묻는 것보다 더한 일이 세상에 또 있겠습니까?"

"우물尤物(얼굴이 잘 생긴 여자)은 반드시 화를 불러오게 되지요. 아드님의 사주에 고인 액을 풀 수는 없습니다. 그러나 그 액을 줄이려면 다른 삶을 살아야 합니다. 참봉어른 집안에 흡족한 며느리, 누가 봐도 아드님에게 어울릴 만한 배필은 화근입니다. 사방 백 리를 뒤져서라도 뒤틀리고 비틀어진 며느릿감을 찾으셔야 합니다. 혼례도 올리지 못하고 홀로 늙어 죽을 만큼 박색인 여자 말입니다. 성질이 사납고 모진 여자이어야 합니다. 그는 살아도 산 사람이 아닙니다. 이 살아도 산 사람이 아닌 여자를 찾아 아드님의 배필로 삼으십시오. 그 음덕으로 아드님은 액을 줄일 수 있습니다. 적어도 낳아주신 부모님의 가슴에 대못을 박지는 않을 것입니다. 벼슬길 따위야 어떤들 어떻습니까. 그저 시 읽으며 소소한 일상의 기쁨을 누리고, 좁은 연못에 낚싯대 드리우고 살면 어떻습니까."

이요신은 망설이지 않았다. 몇 해 전이라면 어림도 없는 소리로 치부했을 터였다. 못난 데다가 사납고 모진 며느리라니, 박복한 며느리라니, "대체 그 무슨 말 같잖은 소리냐!"고 대번에 호통치고 중을 내쫓았을 것이다. 그러나 세월의 빗방울은 강철도 뚫는다. 바위처럼 굳건하던 요신도 나이를 먹은 것이다. 게다가 자식의 목숨이 달린 일이었다. 자식의 목숨 앞에서 머리를 조아리지 않을 부모는 세상에 없는 법이다.

43

능소화

이요신은 세상을 자기 쪽에서 밀고 당기려 했던 젊은 시절을 회상했다. 정직과 충성, 개혁의지로 공맹을 세우고, 세상을 끌어갈 수 있다고 믿었다. 그러나 가장 분명하다고 믿은 것들이 가장 모호한 것들이었다. 혈기와 진정성만으로 세상을 바꾸겠다는 생각은 실패와 좌절의 다른 이름일 뿐이었다. 세상을 자기 쪽으로 잡아당기는 것은 무모했다. 자신이 몸을 낮추고 세상 쪽으로 다가가는 것이 일을 이루는 효과적인 방책임을 서른 중반을 넘어서 깨달았다. 더 지나서는 일을 이루고 이루지 못함에 대한 아쉬움도 사라졌다. 작은 일에 만족하고, 가족의 대소사에 성심을 다하는 것으로 즐거웠다. 공맹의 세상이 오거나 오지 못한들 무슨 걱정인가. 내 안에 공맹의 세상을 만들고, 내 사람들에게 공맹을 이야기하고, 시를 짓고 읽을 수 있으면 그만이었다.

아들 응태는 동량으로 자라 세상을 호령할 수도 있다. 그러나 아들의 손이 독 묻은 꽃잎을 쥐려 한다. 세상에 조금 조금씩 속아가며 사는 것도 나쁘지 않다. 손해 보며 사는 것도 나쁘지 않다. 제 능력을 다 드러내지 못하고, 제게 어울리는 직위에 오르지 못해도 그만이었다. 그것은 억울한 일이지만 견딜 수 없거나 절대로 받아들일 수 없는 일은 아니다. 하운 스님은 자식에게 도무지 어울리지 않을 배필이면 소화의 독을 피할 수 있다고 했다. 박색이고 사나운 며느리를 들여 자식 앞에 드리운 액을 피할 수 있다면 뭐에 못할 일인가? 사람이 저마다 가진 능력을 세상에 다 드러내며 살 수는 없는 법이다.

자식을 구할 수 있다면 무엇을 더 바라겠는가. 벼슬은 아무나 하는 것이 아니다. 비록 글재주가 뛰어나나 그것이 곧 벼슬길로 이어진다고 볼 수는 없다. 시운이 따라야 하고 든든한 줄도 댈 수 있어야 한다. 탐탁지 않은 며느리면 또 어떤가. 추한 아내면 어떻다는 말인가. 사람 정이란 살며 쌓아가는 것이 아닌가. 자식을 품에 안고 있을 수 있다면 무엇인들 못하겠는가. 그렇게 마음을 정하자 숨통을 막던 커다란 응어리가 쑥 밀려 내려가는 듯했다.

이요신은 조용히 사람을 불렀다. 안이라고 부르는 중매쟁이가 저녁에 이요신의 사랑방으로 스며들었다. 큰아들 몽태의 혼례 때 아내가 불러서 쓴 자였다. 입이 무거운 데다 소리나지 않게 일을 처리한다는 게 이 지방 양반가의 평가였다. 요신은 집

능소화

안팎의 일에 직접 몸을 움직이지 않았다. 아내가 할 일은 아내가, 자식들이 할 일은 자식들이, 아랫사람들이 할 일은 아랫사람들이 재량을 갖고 할 수 있도록 배려하는 성품이었다. 그러나 둘째 아들 응태의 혼례는 가족이나 일가친척 누구와도 상의하지 않았다. 요신은 하운 스님의 말씀을 들었다. 그리고 오래 고민한 끝에 홀로 결정을 내렸다. 초로에 접어든 안은 얼굴 살이 이전보다 더 붙어 있었다. 무릎을 조신하게 꿇고 앉은 안 앞에 묵직한 꾸러미가 놓여 있었다.

"삼백 냥일세."

시커먼 얼굴에 눈이 작은 안은 희색이 됐다. 아무리 만석꾼 집안이라지만 이렇게 큰돈을 선뜻 내놓으리라고는 기대하지 않았다. 게다가 근방 백 리 안에서 한다하는 가문이라면 누구나 이요신과 사돈을 맺으려고 나서는 판국이었다. 대대로 벼슬을 해온 집안이었다. 게다가 근래 몇 대에 걸쳐서 만석꾼 살림을 잃지 않은 집안이었다. 사방 수십 리에 전답이 깔렸고 이요신의 너그러운 인품은 사방 백 리를 품고도 남았다. 손 안 대고 코 풀 수 있는 경우였다. 어느 집 규수든 이야기를 넣기만 하면 쌍수를 들어 환영할 것이다. 상대 쪽 집안에서도 이 참봉과 사돈을 맺는다면 적지 않은 수고비를 내놓을 것이 분명했다. '도랑 치고 가재

잡는다는 말은 이래서 나온 말이야.' 안은 속으로 쾌재를 불렀지만 짐짓 심각한 얼굴로 답했다.

"어르신 가문과 자제분의 앞날에 크게 힘을 실어줄 지혜롭고 어진 며느릿감을 찾아 올리겠습니다."

이요신은 안이란 자를 뚫어지게 쳐다보았다. 소리 없이 일처리하기로 소문난 자였다. 그렇다 하더라도 집안에 닥칠지도 모를 액을 하나하나 이야기해줄 수는 없었다. 그러나 한 가지만은 분명히 해두어야 했다.

"내, 자네에게 긴 설명은 않겠네. 다만 박색이고 복 없는 여인을 찾아주게. 당부하네."

"……."

"시집도 못 가고 죽을 만큼 박색인 여자 말일세. 팔자도 사납고 성질도 사나운 여자면 더욱 좋겠네. 긴히 자네를 불러 이렇게 부탁하는 연유일세."

"참봉어른, 그 어인 분부이시온지……."

"허투루 하는 말이 아닐세. 소리 내지 말고, 박색에다 박복하고 흉측하고 사나운 여자를 골라주게. 그렇게만 해준다면 내가 칠백 냥을 더 얹어줄 것이네."

안은 하마터면 '억' 소리를 낼 뻔했다. 칠백 냥을 더 얹는다

능소화

면 천 냥이었다. 이만 한 부잣집에 천 냥이라면 생각하지 못할 돈은 아니었다. 그러나 천 냥은 어마어마한 돈이었다. 안은 천성적으로 의심이 많았지만 이 참봉이라면 의심할 것이 없었다. 게다가 한 냥이 아쉬운 이 흉흉한 시절에 돈 천 냥이 당장 눈앞으로 굴러 들어온 것이나 다름없었다. 며칠 전 박색에다 박복해 시집이라곤 갈 수 없는 여자가 진보 어디에 있다는 말을 들은 터였다. 안은 희색이 되었다.

안동에서 걸어서 꼬박 하루 거리인 진보현 흥구에 천하의 박색에 성질이 승냥이처럼 사나운 여자가 산다는 소문을 진작에 들었다. 여자가 워낙 성질이 사나운 데다 몰골이 흉측해 혼례는 커녕 마주 앉아 밥숟가락을 들기도 힘들다고 했다. 여자와 눈이 마주친 아이들은 울음을 터뜨리기 일쑤고, 어른 중에도 비위가 약한 자는 토할 지경이라고 했다. 동네 개들도 그 여자와 눈이 마주치면 꼬리를 내리고 슬금슬금 피해간다는 소문이 돌았다. 돈이 된다면 무덤을 쪼개고 이미 썩어 문드러진 시신의 유언이라도 새로 받아낸다는 악바리 장팔수도 찔러보기를 포기한 여자라고 했다. 장팔수는 경상도 구석구석을 돌며 열 살이 넘은 여자아이가 있다는 이야기가 들리면 양반 상민 가릴 것 없이 미리부터 말을 넣어두는 위인이었다. 그런 장팔수도 그 여자는 돌아볼 것도 없다며 입질조차 않았다고 했다. 안 역시 그런 소문을 들었지만 한 귀로 듣고 한 귀로 흘렸다. 그런데 그토록 흉측한 여자를, 이 만석꾼 집안에서 찾는다는 것이다. 세도가 따르르한 집안 누구라도 탐을 낼 이 참봉 댁에서 그런 여자를 며느리로 들이겠다는 것이다. 안은 벌렁벌렁 뛰는 가슴을 눌러 앉히느라 애를 먹었다. 안은 그 자리에서 서둘러 답하지 않고 짐짓 난감한 표정을 지었다. 손쉽게 일을 성사시킨다면 가치가 떨어질 것이었다.

"참한 규수보다 오히려 어렵사옵니다. 허나 소인, 죽을힘을 다해 참봉어른의 하교를 받잡겠나이다."

보름쯤 뒤 이요신은 사촌동생 하신을 중매쟁이 안과 함께 진보현 흥구로 보냈다. 흥구는 말을 타고 사냥을 나가는 길에 몇 차례 지난 적이 있는 동네였다. 안동에서 칠팔십 리쯤 떨어진 마을로 진보를 지나 반나절 말을 달리면 만나는 고장이었다. 오고 갈 때마다 살기 좋고 인심 좋은 동네라는 생각을 자주 했다. 북쪽에는 무이산, 서쪽에는 영등산, 남쪽으로는 비봉산이 병풍처

럼 둘러섰고, 앞으로는 반변천이 흘렀다. 북서쪽으로는 커다란
바위 세 개가 날개를 편 듯 우뚝 솟은 동네였다. 그처럼 풍수가
빼어난 동네에서 그처럼 흉측한 여자가 나온 것은 참 알다가도
모를 일이었다.

홍구에 도착한 하신은 조카 응태의 사주를 건네고 진주 홍
씨의 딸과 정혼할 작정이었다. 규수의 집안이 조금 빠진다는 생
각은 들었지만 사촌형 요신이 깊이 고민해서 정한 혼처이므로
하신은 이렇다 저렇다 말을 내지 않았다. 그러나 하신은 사돈으
로 모실 작정이던 홍구 홍 생원의 완강한 거절 의사에 돌아서야
했다. 미리 규수와 집안에 대해 알아보고 온 데다 먼 걸음을 한
터라 내친김에 정혼까지 마무리할 생각이었지만 정혼은커녕 사
주단자를 풀지도 못했다.

"규수의 아버지가 어째서 나이 찬 데다 변변치도 못한 딸의
혼사를 거듭 거절한다는 말이냐?"

가지고 갔던 사주단자를 풀지도 못하고 돌아온 사촌동생 하
신의 늘어진 몰골에 이요신은 낙담했다. 이만 한 집안이라면 사
방 수백 리 안에 혼사를 거절할 집안은 없으리라고 내심 자부하
고 있었다. 아들 응태의 운명이 하도 박복하여 일부러 박색에다
여러모로 빠지는 집안을 찾았건만 그런 집안에서조차 정혼을 거

부했다는 것은 충격이었다.

"워낙 박색이라고 합니다. 여식의 생김이 흉측하고 성품이 사나워 남의 집 며느리로 보낼 만한 사람이 못 된다고 합니다."

"흠."

"동네 사람들 이야기도 그랬습니다. 규수가 워낙 흉측해 집 밖으로 나오는 일이 없다고 하옵니다. 동네 아이들은 그 규수의 얼굴이 하도 흉측할 뿐만 아니라 성질이 미친 짐승처럼 사나워 그 집 근처에는 얼씬도 하지 않는다고 합니다. 들리는 말로는 동네의 개들도 이 규수의 사나운 눈과 마주치면 꼬리를 내리고 도망친다고 합니다."

이요신은 얼굴을 찌푸렸다. 그토록 몰골이 흉측한 여자라니, 그토록 흉측한 규수를 눈에 넣어도 아프지 않을 내 자식의 짝으로 삼아야 하다니. 그러나 그럴 수밖에 없음을 알고 있었다. 하운 스님이 예언한 불행을 피하는 유일한 방도는 그 규수를 며느리로 들이는 길밖에 달리 도리가 없었다.

"안이란 중매쟁이가 사람을 제대로 찾은 모양이구나. 그 규수를 응태의 아내로 들일 것이다. 다시 중매쟁이에게 맡길 수밖에 도리가 없구나."

이요신은 안을 다시 불러 그간의 노고를 위로하고 약속한

51
능소화

사례를 했다. 그리고 완강히 혼인을 거부하는 홍구의 홍 생원을 설득할 수 있는 방도를 찾도록 했다. 무릎을 꿇고 앉은 안은 한마디도 대꾸하지 않고 묵묵히 듣기만 했다. 자리에서 일어나기 전 안은 어떤 일이 있어도 성혼이 되도록 하겠노라고 했다. 요신은 그렇게만 해준다면 성혼사례비로 천 냥을 더 얹어주겠다고 했다. 안은 허리를 깊이 숙여 절하고 요신의 사랑채를 떠났다.

중매쟁이 안은 과연 뛰어난 자였다. 그는 열흘도 지나지 않아 혼사는커녕 흉측한 딸의 얼굴이 알려질까 두려워 집 밖 출입마저 막던 홍 생원의 마음을 움직였다. 안은 홍 생원을 찾아가 집요하게 매달렸다. 안동의 고성 이씨가 어디 보통 집안이냐? 대대로 벼슬을 한 데다 만석꾼 재산을 가진 집안이 아니냐. 권불십년이요, 부자 삼대를 못 간다고 했다. 그러나 이 집안은 그런 세상의 이치를 무색하게 하고 있으니 어디 보통 집안이겠는가. 그것뿐이냐? 사방 백 리 안에 사돈이 될 이요신의 인품을 칭송하지 않는 사람이 없다. 그런 집안과 사돈을 맺는다는 것은 복 중의 복이다. 천복이 따르지 않고서야 어찌 그런 집안의 자식을 사위로 맞을 수 있을까?

홍 생원은 윤기가 줄줄 흐르는 안의 집요한 혀 놀림에 미동도 하지 않았다. 홍 생원은 그 집안에 자신의 여식을 보낼 수 없다는 결심을 분명하게 전달했다. 그 집안이 어떤 집안인지 들어 알고 있다. 우리에게는 과분한 집안이며 그 배려와 마음씀에 그 저 고마울 따름이다. 그러나 우리로서는 따르기 어렵다. 나의 여 식은 박색에 성질이 이리처럼 사나워 누구의 배필이 될 만한 아 이가 아니다. 우리 딸 여늬가 사납고 흉측한 것은 세상이 모두 아는 일, 결국은 남의 집안에 누를 끼치는 짓이다. 세월이 지난 후에 그 후회를 어찌 감당할 수 있겠는가? 난들 어찌 그런 좋은 집안과 사돈을 맺고 싶지 않겠는가? 그러나 어쩔 수 없는 일이 다. 사람은 저마다 정한 운이 있고, 타고난 복이 있다. 그런 집안 은 부럽고 탐이 나지만 감히 우리 집안이 품어도 좋을 과일이 아 니다. 그러니 없던 일로 하시라. 그저 고성 이씨 어르신의 마음 씀씀이에 깊이 감사할 따름이다.

"이 길로 그 어른께 달려가 이쪽 뜻을 정중히 전해주시게."
중매쟁이 안은 물러서지 않았다. 그 점은 이미 그쪽 집안에서도 잘 알고 있다. 이 집 고명딸의 생김이 흉측한 데다 성질이 들짐 승처럼 사납다는 것은 세상이 다 안다. 안동의 그 집안에서도 그 점을 모두 알고 정혼을 요청한 것이다. 이만 한 자리는 다시없 다. 복이 넝쿨째 굴러 들어온 셈이 아닌가. 부디 생원나리께서는 못 이기는 척 물러나 앉아 계시기만 하면 된다.

53

능소화

"잘생기고 늠름한 사위, 훌륭한 집안의 반듯한 사위가 어찌 부럽지 않겠소. 그러나 우리 아이는 안 되오. 가슴이 찢어지지만 우리 여늬는 누군가의 배필이 될 수 없는 사람이니 그리 알고 돌아가시오."

오십을 넘긴 중매쟁이 안은 마른 땅과 젖은 땅을 밟고 다니며 수많은 거짓말과 참말을 듣고 보아온 자였다. 그는 세상사는 모두 속이고 속는 일이라고 믿는 자였다. 그에게 세상을 사는 일은 상대를 속이고, 후려치고, 빼앗는 행위와 다름없었다. 그는 눈앞에 보이는 그대로를 믿지 않았으며 홍 생원이 간곡히 거부하는 데는 틀림없이 말 못할 다른 사연이 있음을 알아차렸다.

"생원나리, 대체 무엇 때문에 그러시는지요? 무슨 까닭으로 두 분은 이렇게 고집이신지요? 소인은 오십 평생 마르고 진 땅을 두루 돌아다니며 세상사의 달고 쓴 맛을 보았사옵니다. 부디 소인에게 사연을 들려주시면 틀림없이 도움이 될 것이옵니다."

안의 집요한 설득에 망설이고 또 망설이던 홍 생원은 십 년이 넘도록 입 밖으로 내본 일이 없는 무시무시한 사연을 털어놓았다.

"오래전 일이오만 일곱 살 때 우리 집 여식이 마을 앞 개천에 빠져 죽을 뻔한 적이 있소. 물에 빠진 아이를 구해낸 사람은 옆집 일꾼 종니였소. 종니는 일 잘하고 마음씨 좋은 사람이오. 나는 그 은혜에 조금이라도 보답하고 감사를 표하는 마음으로 우리 집에서 기르던 개를 잡아 보내기도 했소. 누가 들으면 흉측한 일이나 고맙고 감사한 마음을 전하기 위해 내 손으로 직접 개를 잡았소. 물에 빠진 우리 아이를 구해준 일꾼 종니에게는 따로 좋은 옷 한 벌을 지어 보내기도 했소.

종니가 폭삭 젖은 우리 여식을 들쳐업고 왔을 때 마을 사람들은 '천운'이라고 했소. 너무 놀란 집사람은 엉엉 울면서 젖은 아이의 머리카락과 몸을 닦고 새 옷을 꺼내왔지요. 동네 사람들은 우리 여식을 보며 한마디씩 했소. 이제 액땜을 했으니 저 아이는 백수를 누릴 것이라고 말이오. 생의 불행이란 불행은 이제 모조리 사라졌다고 위로와 덕담을 했소. 참으로 고맙고 고마운 말씀들이었소. 성씨야 저마다 다르지만 모두 집안처럼 살갑게 지내는 사람들이오.

그때 마을을 지나던 스님이 고샅으로 느릿느릿 걸어왔소. 사람들이 모여 웅성거리는 소리에 무슨 일인가 싶어 들렀노라고, 스님은 묻지도 않은 말을 했소. 그러고는 마루에 턱 걸터앉아 우리 여늬를 한참 동안 쏘아보았소. 그 눈빛이 얼마나 살벌한지 나도 모르게 자꾸 눈이 가더이다. 그러다가 벌떡 일어선 스님

능소화

은 우리 아이를 가리키며 죽었어야 할 아이라고 매몰차게 말했소. 이 무슨 망발이란 말씀이오? 사람들이 놀란 눈으로 스님을 쳐다보았소. 스님은 아직도 훌쩍거리는 우리 집 여식을 똑바로 쳐다보며 죽었어야 할 아이라고 또렷하게 말했소. 옆집 일꾼 종니와 이웃집 하인들이 손에 잡히는 대로 작대기를 들고 스님을 쫓아냈소. 막대기에 쫓겨 고샅 밖으로 달아난 스님은 떠나지 않고 다시 집 안으로 들어와 같은 말을 했소.

　내가 스님에게 무슨 망언이냐고 꾸짖듯 물었소. 아무리 정처 없이 돌아다니는 스님이라고 하지만 명색 스님이라는 사람이 근거 없이 마구 지껄여댈 것 같지는 않았고, 무슨 연유로 그런 말을 한번도 아니고 계속 해대는지 알고 싶었소. 스님이 이번에도 어처구니없는 말을 늘어놓자 동네 젊은이들이 작대기를 들고 빙 둘러서서 겁을 주었소. 그렇지만 스님은 물러서지 않았소.

　내가 겨우 동네 젊은이들을 만류하고 스님을 다그쳤소. 무슨 연유로 그런 말을 해대는 것이냐고 말이오. 스님은 우리 아이가 타고난 운을 어겼다고 했소. 아이의 타고난 운명에 끼어든 사람도 온전치 못할 것이라고 했소. 스님의 눈이 종니를 향했을 때 내가 버럭 소리를 쳤소. 물에 빠진 우리 아이를 구해준 이웃집 일꾼 종니 말이오. 미안한 일 아니오. 물에 빠져서 생사의 고비

에 선 우리 아이를 구해준 사람에게 화가 미칠 것이라고 지껄여
대니 내가 몸 둘 바를 모르겠더이다. 내가 소리를 버럭버럭 지르
는데도 스님은 멈추지 않았소. 핏발 선 눈으로 스님은 종니를 노
려보며 온전치 못할 것이라고 거듭거듭 말했소. 화가 머리끝까
지 오른 종니가 달려들어 스님을 패대기쳤소. 동네 사람들이 우
르르 달려들었고 멍석말이라도 할 태세였소. 내가 종니와 동네
사람들을 겨우 달랬소. 그저 정처 없이 돌아다니는 스님의 망발
이려니 하고 넘어가자고 했소. 사람들이 길길이 날뛰었지만 떠
돌이 스님은 물러나지 않았소.

그는 우리 아이를 부처님에게 맡겨야 한다고 말했소. 더 이
상 인연을 맺지 않아야 한다고 말이오. 이미 죽은 사람이니 인연
을 맺을 수 없다는 것이오. 아이가 앞으로 맺을 인연은 재로 꼰
새끼줄이라고 했소. 부질없는 인연이고 매듭지어지지 못할 인연
이라는 것이지요. 그렇게 지껄여대던 스님은 동네 사람들의 몽
둥이찜질을 받고 겨우 도망쳤소.

그런 일이 있고도 우리 집 아이는 무럭무럭 자랐소. 여식이
지만 읽고 쓰는 법을 가르쳤고, 바느질도 가르쳤소. 참 영특한
아이요. 하나를 가르치면 둘을 깨치고, 둘을 가르치면 열을 깨쳤
소. 아이가 수를 놓으면 제 어머니는 하나라도 풀거나 다시 맺을

게 없다고 했소. 그렇게 세월이 흘렀소이다. 여름이 가고 가을이 갔지만 아무런 일도 벌어지지 않았소. 스님의 말은 조금씩 흩어지고 잊혔소.

그런데 흰 눈이 소리 없이 내리던 날 밤 옆집 일꾼 종니가 죽었소. 해가 바뀌어 우리 여늬가 여덟 살이 되던 때요. 너무 젊어서 죽은 게지요. 종니의 처는 젖먹이를 들쳐업은 채 제 남편의 초상을 치렀소. 그 여자는 초상을 치르는 내내 눈물을 보이지 않았소. 나는 염의 한 벌을 보내 그 처를 위로했소. 그래도 마음은 조금도 편해지지 않았소.

종니가 그 추운 겨울날 무슨 연유로 반변천으로 갔겠소? 옆집 어른 말씀으로는 일을 시키지도 않았다고 했소. 아무리 일 잘하는 아랫사람이라고 해도 일을 시키기에 그날 저녁은 너무 추웠소. 저녁 먹고 뜨뜻한 구들방에 앉아 있던 종니는 온다간다는 말도 없이 밖으로 나갔다고 했소. 그리고 주검이 돼 돌아왔소이다. 종니의 죽음이 과연 스님의 예언과 아무런 상관이 없었겠소? 그러니까 우리 아이의 운명에 끼어들었기 때문에 생긴 변괴가 아니겠소? 아니면 그저 우연이겠소? 여태 이 고을에서 물에 빠져 죽는 사람이 어디 종니 하나뿐이었겠소? 그러나 아무리 생각해봐도 불안한 마음은 가시지 않았소. 다른 사람도 아닌 종니가,

58

그것도 여름도 아니고 겨울에, 하필 우리 아이가 빠져 죽을 뻔한 그 자리에 빠져 죽었기 때문이오.

종니가 죽었다는 소식에 집사람은 흙빛이 됐소. 놀란 가슴을 누르지 못하고 끝내는 소리 내지 않고 눈물을 훔쳤소. 심성 곱고 일 잘하는 옆집 일꾼 종니가 죽었기 때문이 아니오. 잊은 줄 알았던 스님의 말이 생각난 거요. 아이의 운명에 끼어든 사람은 온전치 못할 것이라고 지껄여대던 스님의 핏발 선 눈빛이 그날 밤 내내 내 머리를 떠나지 않았소.

밤새 멀리서 쩌엉 쩡 얼음 터지는 소리가 끊이지 않았소. 참으로 무섭고 추운 밤이었소. 우리 내외는 그날 밤 여늬를 안방으로 불러 함께 잤소. 가운데 누운 아이는 한참 동안 잠들지 못하더군. 그 어린 나이에도 두려웠던 것이오. 다음 날부터 우리 아이는 집 밖으로 나가지 않았소. 내가 바깥출입을 허락하지 않았고 아이도 잘 따랐소. 동네의 다른 아이들과 달리 여늬에게는 봄나물 캐는 일도, 단옷날 머리를 감는 일도, 보름달을 보며 소원을 비는 일도 없었소. 부지깽이도 거들어야 할 만큼 바쁜 가을날에도 여늬는 집 안에 틀어박혀 지내야 했소.

우리 여늬 대신 집 밖으로 나간 것은 소문이었소. 흉측하고 박복한 여자아이가 있다. 워낙 몰골이 사납고 성질이 표독해 시집도 못 갈 여자가 있다. 여자의 얼굴이 하도 사나워 어린아이들은 이 여자를 보면 울음을 터뜨리고 사나운 동네 개들도 이 여자를 보면 꼬리를 내리고 슬금슬금 피한다. 그 소문을 퍼뜨린 사람은 우리 부부요. 사연을 아는 동네 사람들도 그런 소문을 퍼뜨려주었고. 보다시피 몇 호 되지 않는 고을이고 사람들은 모두 식구처럼, 집안처럼 지내고 있소. 그랬소. 그렇게 무섭고 차가운 소문이 우리 여늬를 대신해 집 밖으로, 동네 밖으로 나가 돌아다녔소. 누구도 우리 여늬 곁으로 올 수 없도록 가시덤불을 친 거요.

알다시피 과년한 여식이 있는 집안이라면 어디나 중매쟁이들이 들락거리는 세월이 아니오? 중매쟁이들이 애당초 우리 집에 들어오는 것을 막고 싶었소. 그렇게 해서라도 우리는 여늬를 지키고 싶었소. 과연 우리 집 주위에는 누구도 얼씬 하지 않았소. 그 덕분에 우리 여늬는 지금까지 탈 없이 살아오고 있소. 저 어여쁜 아이가, 홀로 나이를 먹어가고 있소. 우리 내외인들 저 아이가 제 남편과 더불어 자식을 낳고 기르며 오순도순 살았으면 하는 바람이 없겠소. 하지만 누구와도 인연을 맺을 수 없다는 중의 말이 귓전에서 떠나지 않소. 그러니 부디 안 대인께서는 이번 혼사가 불가함을 그 집안에 잘 알려주시오."

홍 생원의 무시무시한 이야기와 간곡한 부탁이 끝나자 중매쟁이 안은 크게 웃음을 터뜨렸다. 그는 우스워 죽겠다는 듯 방바닥을 치며 웃었다. 데굴데굴 구르지 않은 것이 오히려 다행이었다. 그리고 겨우 웃음을 억누른다는 듯 헛웃음까지 흘리며 홍 생원을 바라보았다.

"떠돌이 중의 예언이라굽쇼? 으하하하. 생원나리, 지금이 어떤 세월인데 그런 생각을 하고 계십니까? 으하하하, 사람이 어떻게 사람의 운명을 알 수 있는지요? 그리고 말씀을 듣고 보니 그 중놈이 누구인지 알 만합니다. 그놈이 지금 어디서 뭘 하고 있는지 아시는지요? 제가 그놈 행실을 잘 알고 있습죠. 그 중놈은 지금도 어디서 공갈을 치며 제 바랑을 채우고 있을 것이옵니다. 놈은 사방팔방을 돌아다니며 사람들에게 겁을 주고, 겁먹은 이가 매달리면 처방이라며 부적이나 찍찍 그려주고 바랑을 묵직하게 채우는 놈입죠. 어디 그뿐입니까? 그놈의 기름기 줄줄 흐르는 말에 겁을 먹어 곳간 열어 바랑 채워주고, 제 속곳 풀어 욕정 채워준 여인이 어디 한둘이라야 말입죠. 그런 중놈의 말이 두려워 여태 저 생기 넘치는 규수를 집 안에만 가두어놓았다는 말씀인지요? 으하하하. 이렇게 기가 막히는 경우를 여기서 또 봅니다."

"그 스님을 아시오?"

"알다마다요. 그 중놈 공갈에 속아 소 잡고, 돼지 잡고, 논밭 팔아 바리바리 싸준 사람들이 어디 한둘인 줄 아십니까? 참나 생원나리처럼 학식 높은 분들도 그 땡중의 공갈에 속으셨다는 말씀인지요? 으하하하. 나리, 사람살이가 다 마음먹기 나름입니다. 그놈은 그런 사람 마음을 교묘하게 이용하는 놈이굽쇼. 저는 또 무슨 커다란 비밀이라도 있는 줄 알았습니다. 그런 말도 안 되는 중놈 이야기에 지금까지 마음고생을 하셨다니, 쯧쯧."

중매쟁이 안은 짐짓 안타까워 죽겠다는 표정을 지었다. 그는 홍 생원이 말하는 스님을 알지 못했다. 그러나 그 스님을 알고 모르고는 중요하지 않았다. 안은 세상을 사는 일은 결국 서로 속고 속이는 일이라고 믿는 자였다. 속고도 영원히 깨닫지 않을 수 있다면 속은 것이 아니라고 생각했다. 그는 속고 속이는 일은 타인을 속이는 것뿐만 아니라 자기 자신에게도 해당한다고 믿었다. 마음먹기에 따라 세상은 얼마든지 달라질 수 있다고 굳게 믿었다. 게다가 세상에 스님이 얼마나 많은가. 그 많은 스님들이 하루에 쏟아내는 말은 또 얼마나 많은가. 그 많고 많은 말들을 일일이 피하고 가린다면 세상에 사람이 할 수 있는 일이 없고, 먹을 수 있는 음식이 없고, 두 발을 달고도 갈 수 있는 곳이 없었다. 세상을 다 아는 듯한 스님들 역시 급살을 맞아 죽거나 갑자기 닥친 횡래지액에 여지없이 쓰러지는 곳이 세상인 것이다. 안이 그 스님을 안다고 한 말은 거짓이었으나, 사람살이는 결국 마음먹기 나름이라는 말은 진심이었다.

안은 스님들의 말이란 게 원래 일고의 가치도 없다고 쏘아붙이고 싶어 날뛰는 혓바닥을 꾹 붙들어 앉혔다. 공연히 긁어 부스럼 만들 것 같았다. 홍 생원에게 겁을 준 스님을 자신이 잘 알고 있으며 그 스님이 공갈을 일삼는 사기꾼이라는 말만으로 충분했다. 공연히 모든 스님을 쓸어 담았다가 기껏 퍼 담은 물까지 쏟을지도 몰랐다. 안은 떠돌이 중의 저주를 흔해빠진 데다 대수롭지 않은 헛소리로 만드는 것으로도 충분히 홍 생원을 설득할 수 있음을 알았다. 일은 안의 생각대로 펼쳐졌다. 확신에 찬 그의 말에 홍 생원 내외의 얼굴은 한결 밝아졌다. 안은 상대가 흔들리고 있음을 금방 눈치 챌 만큼 약은 자였다.

"염려 푹 놓으세요. 원하신다면 제가 그 중놈을 잡아다가 생원나리 앞에 꿇어앉히겠습니다요. 발 달린 짐승이 어디를 못 다니겠습니까? 워낙 사방팔방으로 돌아다니는 놈이라 언제 잡아다가 눈앞에 대령할 수 있을지는 모르겠습니다만……. 두어 달이면 충분할 것입니다요."

"정말이오? 그자를 잡아 대질이라도 시킬 수 있다는 말이

63

사실이오?"

"여부가 있겠습니까? 소인은 신의를 밑천으로 평생을 살아온 사람이옵니다. 한 입으로 두말을 할 리 있겠습니까? 며칠만 말미를 주시면 그놈을 잡아다가 생원나리 앞에 무릎을 꿇리겠사옵니다. 허나 안동에서는 하루가 급하다고 이렇듯 난리시니 원. 언제 그 중놈 잡아다가 대질하고, 정혼을 맺을 수 있을는지 원. 안동 안방마님이 병환 중이라 하루라도 속히 혼례를 올려야 한다고 성화인지라……."

"그 스님을 잡아 대질할 수 있다면 내가 무얼 망설이겠는가."

"지금 시급한 것은 그 땡중을 잡아 무릎을 꿇리는 것이 아닙니다. 우선 혼례를 올린 연후에 그자를 천천히 잡아들여도 늦지 않을 것입니다."

"그렇다면 옆집 일꾼 종니가 빠져 죽은 건 왜 그런 것 같소? 그 말이 모조리 허튼소리라면 멀쩡한 종니가 어째서 물에 빠져 죽었다는 것이오? 아무리 생각해도 그 스님은 허튼소리는 하는 것 같지 않았소. 행색이 초라하기는 했지만 말이나 행동거지가 진중했지요. 게다가 종니가 빠져 죽었으니……."

홍 생원은 여전히 걱정스러운 얼굴이었다. 그러나 이전처럼 어둠이 가득한 낯빛은 아니었다. 오히려 가슴에 남은 모든 응어

64

리를 없애고 새로운 확신으로 채우려는 듯 희망에 찬 표정이었다. 중매쟁이 안은 홍 생원의 낯빛을 훤히 읽고 있었다. 안은 짐짓 여유를 부리며 활짝 웃었다.

"까마귀 날자 배 떨어지는 꼴입죠. 옛말 하나도 그른 게 없습니다. 그러고 보니 십수 년 전에 그 땡초가 누가 물에 빠져죽었는데 고소해 죽겠다고 하더니, 그게 바로 생원나리 댁 사연이었군요. 이제야 생각이 납니다. 오래전에 그놈이 주막에 앉아 씨부렁대던 말이 이제야 생각이 납니다. 어허, 세상 참……. 그게 바로 생원나리 댁 사연이었다는 말씀입니까? 허, 참. 그 중놈이 장난삼아 세 치 혓바닥을 놀려 한 집안을 이토록 풍비박산을 내고 말았군요. 내가 요 쳐 죽일 놈을 아주 요절을 내야지, 이 혼사가 되든 안 되든 내 그놈을 잡으면 아주 요절을 낼 작정입니다. 세상에 이런 극악무도한 짓을 하고 돌아다니는 놈을 그냥 둘 수야 없지요. 그 참, 급살을 맞아 뒈져도 시원치 않을 놈이 아니옵니까. 공갈을 쳐도 유분수지, 내 이놈을 잡으면 요절을 내버릴 작정입니다."

낯빛은 훨씬 밝아졌지만 홍 생원은 망설였다. 홍 생원 내외가 서로 얼굴을 마주 보며 상대의 생각을 읽으려 애쓰는 모양을 본 중매쟁이 안은 특유의 재치와 입담을 곁들여가며 홍 생원의 마음을 흔들었다. 안은 당시 유행하던 '칠백 리 낙동강가'의 곡조에 '시집 못 간 노처녀' 이야기를 붙였다. '칠백 리 낙동강가'는 낙동강을 오르내리며 내륙으로 소금과 생선을 나르는 뱃사공들의 노래로 시작부터 끝까지 흥겹고 유쾌한 곡조였다. 거기에 시집 못 간 노처녀의 유쾌한 이야기를 곁들이니 흥이 절로 났다.

　　강원도 양구에 서른이 넘도록 시집 못 간 노처녀가 있었다. 나이도 나이지만 이 처녀가 시집을 못 간 데는 다른 이유가 있었다. 몸뚱이가 어느 한 군데도 온전치 못한 병신이었다. 얼굴은 단 한구석도 예외 없이 구멍이 숭숭 뚫린 곰보고, 한쪽 귀와 한쪽 눈이 멀었다. 왼손과 왼쪽 다리를 쓰지 못했고 등도 굽어 어찌 보면 꼽추 같고, 어찌 보면 늙은이의 맥 빠진 허리 같았다. 얼굴이 사나워 집에서 밥을 먹여키우는 개조차 여자가 다가서면 꼬리를 내리고 제 집으로 슬금슬금 피하기 일쑤였다. 제 속으로 낳은 자식이지만 그 어미도 마주 앉아 밥을 먹지 못하고 토하는 지경에 이르렀다. 하지만 당사자는 조금도 기가 죽지 않았다. 얼굴에 구멍이 숭숭 뚫리면 어떻고, 한쪽 눈이 병신이면 어떠냐. 남정네들이 여편네들을 만나 밤낮 없이 찾아드는 게 구멍인데, 그 구멍 많으니 좋고, 한쪽 눈이 멀었지만 다른 한쪽 눈이 밝으니 됐고, 왼쪽 손이 병신이나 오른 손으로 바늘귀를 능히 꿸 수 있

66

고, 구멍 난 옷가지며 버선 기울 수 있으니 됐다. 귀먹은 년이라 나무라지만 가까이 다가와 소리치면 못 알아들을 말 없고, 말귀 알아듣고 따르니 성질이 삐뚤어져 이도 저도 쓸데없는 년들보다는 낫다. 어디 그것뿐이냐. 궁둥이뼈가 너른 것이 아들 딸 낳기 좋고, 하늘 천 자를 백 번만 가르쳐주면 깨치니 그 총명함을 누가 따르랴. 그러니 나 좋다는 남정네 없을 리 없고, 내가 시집 못 갈 리 없다. 내가 여태 시집 못 간 것을 말하기 좋아하는 사람들은 내 박색 탓이라고 하지만 실제로는 내가 조선에서 가장 잘난 남자를 기다리느라 늦었을 뿐이다. 원래 잘난 남자는 발걸음이 늦고 소문에 어두워 이 산골까지 오는 데 시간이 걸릴 뿐이다. 지성이면 감천이랄까. 이 박색인 여자는 당시 양구 고을에서 가장 인물이 좋은 것으로 소문난 김 도령과 결혼했고 아들을 셋이나 낳았다.(조선후기 서민가사 '노처녀가' 줄거리를 각색)

중매쟁이 안은 홍 생원 앞으로 바싹 다가앉았다.

"본시 운명이란 정해진 것이 아니옵고, 마음에서 비롯되는 것이옵니다. 저 병신이고 못난 여자가 그 뒤로 어찌 됐는지 아시옵니까? 아들 셋을 낳고 나서는 어찌 된 영문인지 성질이 순해진 것은 물론이고 얼굴에 숭숭 뚫린 구멍도 하나둘 사라지고, 먹은 귀 밝아지고 병신이던 팔 자유자재로 움직이고, 꼽추 같던 허리

67

도 쭉 펴졌다고 하옵니다. 이것은 제가 지어낸 이야기가 아니라 강원도 양구에서 실제로 있었던 이야기이옵니다."

"허나, 우리 아이는 오히려 그와 정반대여서……."

"아니옵니다. 꼭 같습니다. 씻을 수 없는 약점이 있다는 점에서는 꼭 같습니다. 다시 말씀드리지만 운명은 정해진 것이 아니옵니다. 운명이란 하늘이 정하는 것이 아니라, 내 마음에서 일어나 밖으로 드러나는 것이옵니다. 저 박색인 양구의 처녀가 그처럼 행복한 삶을 꾸려간 것은 바로 세상을 보는 그네의 시선 덕분이옵니다. 안 된다, 안 된다 하시면 될 일도 아니 됩니다. 그러나 된다, 된다 하시면 모든 일이 잘 되는 법이옵니다. 생각해보십시오. 그 땡초의 한마디에 오늘까지 이렇게 마음고생을 하시며 살아오셨고, 옥처럼 귀한 따님을 처녀귀신을 만들 뻔하지 않았습니까? 그러나 오늘 나리께서 마음을 돌리시고 혼례를 허락하시면 따님은 떡두꺼비 같은 외손자를 안겨주실 것입니다. 이 모든 게 마음먹기 나름입니다. 만약 운명이란 게 정해져 있다면 생원나리께서 따님을 집 안에 가두어둔다고 정해진 나쁜 운명이 찾아오지 않겠습니까? 하여간 혼사가 되든 안 되든 제가 그 땡초 놈은 요절을 낼 것이옵니다. 그처럼 극악무도한 놈이 천하를 활보하게 내버려두는 것은 제 마음이 용납지 않습니다."

우여곡절이 더 없었던 것은 아니지만 중매쟁이 안은 결국 혼사를 성사시켰고 이요신에게서 약속한 천 냥을 받았다. 며칠 후 이요신의 사촌동생 하신이 사주단자를 들고 다시 홍구로 갔고 이응태와 홍여늬는 얼굴도 모른 채 정혼했다.

음력 유월 염천이었다. 아침에 귀래정을 나설 때부터 화살처럼 뜨거운 햇볕이 등과 목덜미로 쏟아지고 있었다. 응태는 한두 살 터울로 함께 자란 마을의 벗 종태, 정재, 기성과 막종이, 칠복이 등 아랫사람들과 사냥을 나섰다. 특별히 어떤 짐승을 잡겠다고 정한 것은 아니었다. 그는 다만 일월산 어디쯤으로 나가 보면 어떠냐고 친구들을 재촉했다. 유월엔 산이나 들로 사냥 나가기엔 적합하지 않았다. 오히려 냇가에 전을 펴고 천렵을 하거나 개나 한 마리 잡아 걸어놓고 종일 뜯으며 탁족이나 하면 좋을 날씨였다. 그러나 응태는 궁금했다. 며칠 전 아버지에게서 홍구의 홍씨 집안과 정혼했다는 이야기를 들었다. 작은아버지께 여쭈었더니 여자는 진보현 홍구에 사는 진주 홍씨 규수라고 했다.

홍구는 안동에서 일월산 가는 중간에 있었다. 함께 사냥을 많이 다닌 정재가 일월산 쪽으로는 사냥할 만한 짐승이 없다고 했지만 응태는 고집했다. 집안 일꾼으로 응태보다 열 살이 많은 막종이가 알 듯 모를 듯한 미소를 지었다. 막종이는 응태가 홍구에 사는 규수와 정혼했음을 알고 있었다. 응태는 정혼한 여인을 만날 수 있다고는 생각하지 않았다. 이미 박색이라는 이야기를 들은 터였다. 그래도 궁금한 마음은 사라지지 않았다. 정혼한 여인을 만나지 못하더라도 그 마을이 어디쯤인가 살펴보고 싶은 마음에 며칠 전부터 사냥을 나가자고 친구들을 부추겼다.

며칠 전 아버지는 응태를 불러 정혼 사실을 전했다. 규수는 홍구에 사는 홍씨 가문의 여식이라고 했다. 오랫동안 벼슬길에 오르지 않았지만 선비의 품격을 잃지 않은 집안이라고 했다. 그 이상 어떤 설명도 없었다. 아버지는 원래 길게 설명하는 성품이 아니었다. 그저 꼭 필요한 말씀만 하시는 분이었다. 그러나 정혼 사실을 알려주시던 아버지의 태도는 어딘가 평소와 낯설게 느껴졌다.

"'국난사양상國難思良相, 가빈사현처家貧思賢妻(나라가 어지러울 때 훌륭한 재상이 생각나고, 가정이 어지러울 때 어진 아내가 생각난다)'라고 했다."

아버지는 사마광司馬光의 『자치통감自治通鑑』 한 부분을 인용하고 있었다.

"안사람을 정하고 들일 때 인물을 보고 들이는 것이 아니다. 겉으로 드러나는 됨됨이 외에 사람은 저마다 타고난 복이 있고 운이 있다. 그 운과 복을 따라 사는 삶이 가장 부드러운 삶이다. 제 분에 어울리는 사람, 제 능력에 어울리는 직위나 이름을 고집하는 것은 지나친 욕심이다. 지나침은 부족함보다 못한 법, 제 분이나 능력이란 원래 있지도 않은 것이다. 한발 물러서서 생각하고 몸을 낮추어 행함이 마땅하다. 곧 혼례를 올릴 것이다. 너는 그리 알고 몸과 마음을 가다듬고 매사에 겸손함과 조신함을 잃지 마라."

응태는 그저 고개를 숙이고 받들었다. 그러려니 했다. 아버지가 무슨 말씀을 하시든 따르는 편이었다. 도리에 어긋나는 일을 하시는 분이 아니었다. 벗들과 여기저기 사냥을 다니고 마을을 쏘다니면서 먼발치에서 고운 규수를 몇몇 보기는 했다. 그러나 어떤 정분이 생긴 것은 아니었고, 따로 이야기를 건네본 규수도 없었다. 게다가 아버지가 이미 사람을 보내 정혼했다면 물릴수도 없었다. 양반 가문에서 정혼은 파기할 수 없는 약속이었다. 병석에 누운 어머니는 하루에도 몇 번씩 사람을 불러 혼례 준비가 어떻게 되어가는지 물었다. 응태는 공연히 방에 틀어박혀 책 읽는 시늉을 했지만 마음을 한 곳에 모을 수 없었다.

　홍구는 작지만 풍광이 빼어난 고장이었다. 응태 일행이 마을에 도착했을 때 점심을 먹은 농부들이 괭이를 어깨에 걸치고 들로 나가고 있었다. 비 온 뒤라 마을 앞으로 흐르는 시냇물이 시끄러웠다. 젊은 여종들이 천변에 쪼그리고 앉아 빨래를 두들기고 있었다. 빨래 방망이질 사이로 여종들의 웃음소리가 까르르 터졌다. 마을의 아이들이 우르르 달려가고 달려왔다. 응태 일행은 말에서 내려 마을을 가로질러 천천히 걸었다. 초가 사이로 기와지붕이 드문드문 박힌 전형적인 촌락이었다. 햇볕은 뜨거웠고 바람은 눅눅했다. 그때였다.

　돌담 너머로 고개를 내민 소화의 붉은 꽃잎을 먼저 보았을까, 희디흰 얼굴을 먼저 보았을까. 아니면 검고 큰 눈과 마주친 것이 먼저였을까. 그것도 아니면 옻칠을 한 듯 검은 머리카락을 먼저 보았을까. 이도 저도 아니면 시들지 않고 송이째 떨어져 땅바닥에 뒹구는 소화 꽃송이를 본 것이 먼저였나. 응태는 어디에도 눈을 고정하지 못했다. 응태는 난감하고 아찔한 마음이 되어 저도 모르게 고개를 숙였다. 그리고 다시 고개를 들었을 땐 담 너머의 아름다운 여인은 보이지 않았다.

여인은 사라지고 없었지만 웅태의 눈에는 반짝이는 큰 눈과 희고 뚜렷한 이목구비의 여인이 생생하게 남아 있었다. 웅태는 저도 모르게 고샅을 따라 걸어 사립 앞으로 향했다. 반쯤 열린 사립 안에는 좁지만 잘 다듬어놓은 뜰이 보였다. 좀 전에 담 너머로 본 규수가 초당으로 들어가고 있었다. 웅태의 눈이 여인을 좇아 초당으로 향했다. 규수는 금세 사라지고 웅태는 빈 뜰을 흐릿해진 눈으로 보았다. 그는 한참을 멍하게 서 있다가 천천히 고샅을 걸어나왔다. 소화꽃이 만발한 담 아래로 걸어왔을 때 문득 바람이 일어났고 꽃 한 송이가 툭 소리와 함께 떨어졌다. 웅태는 허리를 굽혀 꽃을 주웠다. 시들지도 않고 생생한 그대로 떨어진 꽃이었다. 친구들 집에는 한두 그루씩 담에 기대 자라고 있었지만 웅태의 집에는 소화꽃이 없었다. 벗들의 집에서 몇 번 보았지만 소화꽃이 이처럼 아름답다는 생각을 여태 해본 적은 없었다.

웅태는 손에 든 소화를 코에 대고 향기를 맡았다. 새큼하고 달콤한 냄새가 났다. 웅태는 그 향기를 깊이 들이마셨다. 친구 종태가 큰 소리로 말했다.

"그 꽃에는 독이 있다네. 냄새를 맡으면 정신을 잃고 그 꽃 만진 손으로 눈을 비비면 실명한다네."

"그런가? 이렇게 아름다운 꽃에 눈을 멀게 하는 독이 있다는 말인가?"

"그렇다는 이야기지……. 그렇지만 조심해서 나쁠 것이야 없지. 공연히 화를 부르지 말고 버리게."

"이렇게 고운 꽃에 독이 있다니, 그 참……."

"뭘 하나, 어서 가세."

일행은 벌써 저만치 앞서가고 있었다. 응태는 고개를 주억거리며 담 너머를 살폈다. 초당으로 사라진 여인은 보이지 않았다. 응태는 주운 꽃을 가슴 섶에 넣었다. 일행을 쫓아 걸음을 옮기던 응태는 뒤를 돌아보았다. 소화꽃은 담에 기대고 핀 것이 아니라 담에 점처럼 뚝뚝 묻어 있는 것처럼 보였다. 뚝뚝 묻은 꽃은 떨어지지 않으려고 애처롭게 매달려 있는 것 같아 문득 안쓰러운 마음이 일었다.

이요신은 마당에 선 채로 소화꽃을 들고 집으로 돌아온 응태를 크게 나무랐다. 사냥을 나간다더니 무슨 꽃놀이를 하고 온 것이냐고 고함쳤다. 아랫사람들이 여기저기 숨어 눈을 빠끔히

내고 지켜보았지만 개의치 않았다. 아들 응태는 영문을 모른 채 고개를 숙이고 대꾸가 없었다. 아들을 나무라는 고함소리 사이로 한숨과 혀 차는 소리가 자주 끼어들었다. 그리고 요신은 낭패감과 분노가 뒤섞인 얼굴로 방문을 소리 나게 닫고 들어가 곰방대에 불을 붙였다. 콧구멍으로 연기가 채 다 빠져나오기도 전에 연거푸 담배를 빨았다. 빨갛게 달아오른 곰방대가 식을 틈이 없었다.

어째서 하운 스님의 말씀이 하나도 틀리지 않는다는 말인가. 사냥을 나간 놈이 사냥이나 할 것이지 어쩌자고 꽃을 꺾어 들고 온다는 말인가. 사냥을 나선 사내자식이 꽃송이를 꺾어 들고 온 것도 요상했지만 그토록 피하려는 마음에 집 안팎으로 모조리 뽑아버린 소화꽃을 어째서 일부러 찾아서 집 안으로 들인다는 말인가. 어째서 하필 소화꽃이란 말인가. 오기로 되어 있는 불행은 어째도 막을 도리가 없는 것인가.

하운 스님이라도 살아 있다면 답답한 마음을 풀어볼 수 있을 것이었다. 괄괄한 성품과 타고난 건강으로 세상을 활보하던 하운은 지난해 가을비를 맞은 뒤 감기를 앓는가 싶었는데 열흘도 지나지 않아 바쁘게 입적해버렸다. 이요신은 서운하고 아쉬운 마음을 달래려 스스로 제문과 행장을 지었고 요즘도 조금씩

75

틈을 내 어록을 짓는 중이었다. 대수로운 일이 아닐 것이라고 몇 번이나 마음을 다잡았지만 불안했다. 머지않아 혼례를 치를 예정이었다. 응태가 꺾어 들고 온 소화꽃이 혼사와 어떤 연관이 있지 않을까 하는 염려가 가시지 않았다. 밤에 요신은 응태를 사랑으로 불렀다.

촛불 속에서 아버지 이요신의 그림자가 흔들리고 있었다. 반나절 사이에 훨씬 늙어버린 아버지를 보고 응태는 흠칫 놀랐다. 저녁 무렵 마당에 서서 자신을 꾸짖을 때까지만 해도 굳세 보이던 아버지는 여느 촌부와 다름없이 시커멓게 시든 얼굴로 곰방대를 빨고 있었다.

"아버지, 어디 편찮으신 데라도 있으신지요?"

이요신은 대답 대신 땅, 땅, 놋쇠 재떨이에 담뱃대를 두들겼다. 무엇인가 마음에 차지 않을 때 나오는 버릇이었다.

"낮에는 어디로 사냥을 다녀왔더냐?"

"……"

응태는 정혼한 여자가 사는 마을 근처로 사냥 나갔다는 말씀을 드릴 수 없었다. 곧 혼례를 치를 것이니 경거망동하지 말고 조신하게 굴라는 말씀이 이미 있었다. 아버지의 말씀을 떠나 정혼한 여자의 얼굴이 궁금해 여자가 사는 인근으로 사냥을 나섰다면 누가 봐도 웃을 일이었다. 그는 입을 다물고 고개를 숙였다.

"묻고 있지 않느냐? 어디로 사냥을 나갔더냐?"

"저, 문경 쪽으로 나가볼까 했습니다만 문경에 훨씬 미치지 못하고 중간에서 천렵을 하다 돌아왔습니다."

굳이 아버지께 거짓말을 하고 싶은 마음은 없었다. 그러나 다그침을 받자 응태는 자기도 모르게 마을 벗 정재가 애초에 가보자고 한 문경을 떠올렸다. 정재는 진작부터 문경 쪽이 좋다고 말했지만 응태 자신이 홍구를 지나서 가야 하는 일월산을 고집했다.

"문경? 정녕 문경 쪽으로 방향을 잡았더냐?"

"그렇사옵니다."

요신은 응태를 노려보며 한숨지었다.

"그 요망한 꽃은 내다 버렸느냐?"

"예."

이요신은 아들을 물린 뒤 아들 응태를 따라 함께 사냥에 나갔던 일꾼 막종을 사랑방 앞으로 불렀다. 곧 그는 아들이 문경이 아니라 홍구로 사냥 나갔음을 알게 되었다. 홍구라면 정혼한 사돈 집안이 있는 동네였다. 응태가 문경 쪽으로 사냥을 다녀왔다고 했을 때 그는 그나마 다행이라고 생각했다. 그토록 피하려고

77
능소화

하는 소화꽃을 들고 온 것은 아무리 생각해도 못마땅했지만 문경이라면 사돈이 될 홍 생원이 사는 홍구와 반대 방향이었다. 그러니 소화꽃과 이번 혼사는 아무런 연관이 없어 보였다. 그러나 아들은 하필 그 동네로 사냥을 다녀왔다. 게다가 요망하기 그지없는 소화꽃을 꺾어 품에 넣고 온 것이다.

이요신은 손이 부르르 떨릴 정도로 분노했지만 아들 응태를 다시 불러 호통 치거나 내색하지 않았다. 하운 스님이 예언한 불행은 근거 있는 이야기가 아니었고 설명할 수도 없었다. 게다가 홍구 쪽으로 간 것은 사실이지만 누구를 만나거나 어떤 다른 일이 있었던 것은 아니라고 막종은 답했다. 요신은 아들이 꺾어 온 소화꽃이 정혼한 홍 생원 집 담에 기대어 자라는 것이라고는 생각하지 않았다. 아니, 홍 생원 집에 소화꽃이 그처럼 만발해 있다는 사실조차 알지 못했다. 요신이 사촌동생 하신에게 홍 생원 집안의 특이점을 눈여겨 살펴보라고 당부했지만 두 번이나 홍 생원 집에 다녀온 하신은 특별한 점이 없었노라고 답했다. 하신은 다만 여자가 박색이고 성질이 사납다는 말만 되풀이했다. 그러나 아들이 홍구로 가서 소화꽃을 꺾어 왔다는 사실만으로도 좋지 못한 징후는 충분했다. 응태는 하운 스님의 예언을 좇고 있음이 틀림없었다. 이런저런 이유를 다 설명하자면 집 안팎으로 이야기가 나가는 것을 막을 수 없었다. 소리 나지 않게 마무리해야 할 일이었다.

이튿날 날이 밝기 무섭게 요신은 사촌동생 하신의 집으로 향했다. 웬만한 일이라면 아랫사람을 시켜 하신을 불렀겠지만 그는 마음이 급했다. 방에 들어가 앉기 무섭게 요신은 이번 혼사에 심상치 않은 문제가 있다는 말을 꺼냈다. 하신은 중매쟁이와 함께 진보의 홍구로 가 정혼을 성사시킨 당사자였다. 이요신 자신이 직접 내린 결정인 데다 사촌동생을 보내 사주를 주고받아 결정한 정혼이었다. 신부 측에 특별한 흠이 없는 상황에서 정혼을 깨는 것은 부담이 컸다. 그러나 요신은 틀림없이 무엇인가 잘못 되고 있다는 마음을 떨칠 수 없었다.

"혹시 홍구 홍 생원의 집에 소화꽃이 피어 있지 않더냐?"

"소화꽃이라니요? 사돈어른 댁에 말씀이옵니까? 본 기억이 없습니다."

두 달 전 정혼을 했고 당시는 소화가 피는 한여름이 아니었다. 하신은 다만 자신이 본 대로 이야기했고 거기에 거짓은 없었다. 요신은 사촌동생의 입에서 나온 사돈이란 말에 얼굴을 찌푸렸다. 정혼한 사이에 사돈이라는 말은 어색하지 않았으나 왠지 불길한 마음에 휩싸여 있던 터라 마음이 언짢았다. 그는 아직 사돈이라고 하기에는 이르다고 한마디 하려다가 입을 다물었다. 정혼한 집안을 사돈이라고 부르는 것은 자연스러웠고, 하신을 탓할 일이 아니었다.

"잘 생각해보아라. 워낙 특이한 꽃이니라. 붉고 큰 꽃이다. 오래전에 우리 집 담을 돌아가며 피어 있던 꽃이다."

"소화꽃이라면 저도 압니다마는……. 그 집에서 본 기억은 없습니다."

"그으래?"

"틀림없습니다. 특별한 꽃은 없었던 듯합니다. 더구나 소화라면 우리 집안에서도 아끼고 가까이하던 꽃이니 제가 못 알아볼 리가 있겠습니까."

요신은 문득 자신이 너무 신경을 곤두세우고 있는 것은 아닐까 생각했다. 홍 생원의 여식은 흉측하리만큼 박색에 성질이 사나운 규수라고 했다. 그런 규수라면 하운 스님의 처방에 부합하는 규수가 틀림없었다. 나도 확실히 늙었구나. 신경이 쇠약해진 모양이로구나. 나이를 먹는다는 것이 이런 것일까. 그는 점점 의심이 많아지고 두려워하는 마음이 커지는 자신을 한숨으로 책망했다.

하신은 문득 소화라면 요즘 같은 한여름에 피는 꽃이니 두 달 전에는 피지 않았을 것이고, 꽃이 없는 나무줄기만으로 홍구의 사돈댁에 소화나무가 있는지 없는지 알기는 어려웠을 거라고 말하려다가 그만두었다. 쓸데없이 길고 복잡한 말씀을 형님한테 드리고 싶지 않았다. 그러지 않아도 형님은 갑자기 늙어버린 사람처럼 피로하고 핏기 없는 얼굴이었다.

"그런데 대체 무슨 일입니까? 사돈어른 댁에 무슨 변고라도 생긴 것이옵니까?"

"아니다. 아니야. 내가 아무래도 걱정이 늘었나 보다. 나이를 먹으니까 공연한 걱정이 하나둘 생기는구나."

"혼사가 눈앞이옵니다. 그러지 않아도 신경 쓰이는 일이 많으실 텐데, 다른 일은 모두 뒤로 미루고 마음을 느긋하게 가지십시오."

"그리하마."

이요신은 아침을 드시고 가시라는 하신의 말을 손으로 자르며 일어섰다. 그리고 골똘히 생각에 젖은 채 느릿느릿 집을 향해 걸었다. 하운 스님은 어쩌자고 그렇게 일찍 입적하셨다는 말인가. 스님이 갑작스럽게 입적했을 당시만 해도 오늘처럼 아쉽지는 않았다. "이르기는 하지만 좋은 날에 큰 고생 없이 가셨으니 오히려 다행이 아닌가"라고 말한 이요신이었다. 그는 스님을 존

경했고 좋은 날, 좋은 사람들 속에서 떠났다고 생각했다. 그런 것이 열 달 전이었다. 스님이 입적하고 거의 일 년이 지난 이제 와서 요신은 스님이 곁에 없음을 통탄했다. 지금 이 혼례를 해야 하는가, 아니면 여하한 악소문을 감당하고서라도 막아야 하는 지 판단할 수가 없었다. 소화꽃을 가져왔으니 어딘가 사악한 기운이 숨어 있으리라는 것은 짐작하고도 남을 일이었다. 스님은 응태가 소화꽃을 가지고 온 날 내처야 한다고 말씀하셨다. 그렇다면 무엇인가 좋지 못한 징조가 숨어 있음에 틀림없다. 그러나 스님은 또 박색이고 사나운 규수를 며느리로 들여 화를 막을 수 있다고 처방했다. 그렇다면 이도저도 아닌 것이 아닌가. 응태가 소화꽃을 집으로 들인 것은 나쁜 징조가 틀림없지만 스님의 처 방에 따라 박색이고 사나운 규수를 응태의 짝으로 들이니 그것 으로 된 것이 아닌가. 그럼에도 불안한 마음은 가시지 않았다. 요신은 문득 생각난 듯 몸을 획 돌려 오던 길을 거슬러 하신의 집으로 향했다.

"네 눈으로 규수의 얼굴을 확인했느냐?"

"……."

"묻고 있지 않느냐? 응태와 정혼한 규수의 얼굴을 네가 직 접 확인했느냐?"

"제가 직접 보지는 못했사오나, 박색이 틀림없는 것으로 아옵니다."

하신은 중매쟁이 안이 얼굴을 확인했을 뿐만 아니라 못생긴 자식도 곱다고 우기는 마당에 굳이 고운 여식을 박색이라 말할 사람이 어디에 있겠는가, 게다가 그 동네 사람들 누구나 응태와 정혼한 규수가 박색이고 사나운 사람이라고 했으니 그런 점은 염려하지 말라고 답했다.

"그런데 어째서 형님은 박색인 며느리를 고집하십니까?"

요신의 불안에 찬 이야기를 빠짐없이 들은 하신은 고개를 끄덕였다. 번거롭고 성가시며, 체면을 깎는 일이기는 하지만 형님이 정녕 불안하시다면 홍구로 가서 규수의 얼굴을 직접 확인하겠노라고 했다.

"그럴 것까지야 없다. 온 동네 사람들이 그렇게 말한다면 틀린 이야기가 아닐 것이다. 의심이 많아지는 것을 보니 내가 나이를 먹은 모양이다."

"모두 마음먹기 나름입니다. 마음을 편히 가지셔야 하옵니다. 그러지 않아도 사방에서 역질이 돌고 있습니다. 용한 의원들이 말하기를 마음을 무겁게 가지면 몸이 약해지고, 그리하면 역질이 몸에 붙는다고 합니다. 마음을 편히 가져야 음식을 잘 먹고, 잠도 편히 잘 수 있습니다. 그리하면 역질도 얼씬하지 못하는 법입니다. 고을마다 역질로 아비규환이 따로 없다고 합니다."

"그러게 말이다. 여간 걱정이 아니다. 너도 각별히 단속하여 집안에 역질이 발을 붙이는 일이 없도록 해라."

"각별히 단속하고 있습니다. 하여간에 빨리 여름이 지나가야 할 터입니다. 고을마다 역질로 괴이한 소문이 끊이지 않고, 집을 불사르고 멀리 떠나는 자들이 속출한다고 합니다. 이번 우리 집안의 혼례는 오랜만에 동네의 큰 잔치가 될 것입니다. 이번 잔치를 기해 쌀과 고기를 넉넉히 내어 굶주리는 사람들을 위로하는 것은 어떨는지요."

"좋은 생각이다. 모름지기 역질이란 것이 약한 몸을 노리는 법이니 사람이 배불리 먹으면 그 기세가 누그러들지 않겠느냐. 이번 응태의 혼사에 맞춰 곳간을 열어 고을 사람 모두 배불리 먹도록 하마."

"고을 사람 모두 기쁜 마음으로 감축할 것입니다. 우리 집안의 잔치이고, 고을의 잔치가 될 것입니다."

"허허, 네가 그렇게 말하니 마음이 한결 가벼워지는구나."

이요신은 그러나 한숨을 쉬었다. 아들의 혼사에 맞춰 곳간을 열어 고을 사람들을 배불리 먹일 수 있다는 것은 기쁜 일이었다. 그러나 기쁨도 잠시, 응태가 꺾어 들고 온 소화꽃이 눈앞에서 가시지 않았다. 이요신은 대문 밖까지 배웅 나온 하신에게 결국 속마음을 털어놓고 말았다.

"성가시다만 네가 홍구에 한번 더 다녀와주어야겠다. 아무래도 규수의 얼굴을 직접 확인해야 마음을 놓을 수 있겠다."

혼사를 아흐레 앞둔 날 저녁 홍구에서 돌아온 사촌동생 하신의 말은 청천벽력이었다.

"갸름한 얼굴은 희고 고우며 땋아 내린 검은 머리카락에는 윤기가 가득했습니다. 천하에 그런 미인은 다시없을 듯합니다. 어째서 그처럼 아름다운 규수가 흉측하기 짝이 없는 여인으로 소문이 났는지 알 길이 없습니다."

도대체 이게 무슨 해괴한 경우란 말인가. 어여쁜 여인은 그 자체로 요물이라고 하운 스님이 말씀하지 않았던가. 그토록 피하려고 노력했건만 어째서 피하려 할수록 다가선다는 말인가. 이요신은 이번 혼사를 물려야겠다고 결심을 굳혔다. 그러나 명색 무인이 객쩍은 운명과 예언을 입 밖에 낼 수는 없었다. 운명이니 예언이니 하는 말로 문중의 이해를 구할 수도 없었다. 게다가 요즘 떠돌이 승려들이 일으키는 크고 작은 사건이 끊이지 않았다. 글줄을 읽어 학문을 조금이라도 깨우친 사람들이라면 누구도 승려들이 지껄여대는 예언 따위에 귀를 기울이지 않았다.

문중 어른 중에 가장 편하게 이야기를 넣을 수 있는 봉진어른께 넌지시 운을 뗐지만 바늘도 들어가지 않았다. 이미 사주를 주고받아 약조한 정혼을 분명한 이유도 없이 깬다는 게 말이 되는 소리냐는 호통만 들었다. 봉진어른조차도 납득하지 못할 이야기라면 집안의 다른 어른들은 말을 꺼낼 것도 없었다. 공연히 그러는 것이 아니라, 사실은 주역과 명리학에 능통한 하운 스님의 말씀이 이렇고 저러한데, 그 말씀이 하나도 그르지 않다는 이야기를 했지만 봉진어른은 꿈쩍도 하지 않았다. 봉진어른은 떠돌이 땡추의 실없는 이야기로 문중 어른들 심기를 어지럽히거나 문중에 누가 되는 일은 없도록 하라는 당부를 얹었다. 게다가 당사자인 웅태의 태도 역시 굳건했다.

"비록 여자가 불운하다 하나 이미 정혼한 여인을 내칠 수는 없지 않습니까. 양반 가문의 도리가 아니옵니다. 게다가 한갓 미신을 두고 이러니저러니 말을 바꾸는 것은 옳지 않습니다. 설령 불운이 찾아온다고 해도 피하지 말아야 할 일은 있다고 배웠습니다. 아버지께서는 전장에서 패배할 줄 알면서도, 설령 그 자리가 죽을 자리임을 알면서도 나아가 목숨 걸고 싸워야 하는 것이 무인된 자라고 하셨사옵니다. 어찌 양반가에서 작은 이익에 따라 약조한 정혼을 깬다는 말씀이옵니까. 이 또한 저의 복이고 운인 줄 아옵니다."

둘째 응태가 태어날 때부터 안고 살아온 불행이고 두려움이었다. 누구에게도 털어놓지 못한 두려움이었다. 그 불행을 피하기 위해 요신은 할 수 있는 노력을 모두 했다. 그러나 피하려 하면 할수록 불행에 다가서는 현실 앞에 그는 절망했다. 그러나 이요신은 파혼 결심을 돌리지 않았다. 그는 늦은 밤에 사촌동생 하신을 불렀다.

"이대로 혼례를 올릴 수는 없다. 문중 어른들이 모두 반대한다 할지라도 나는 이번 정혼을 없던 일로 해야겠다. 내일이라도 네가 흥구에 다녀와야겠다."

"고정하십시오. 사람의 운명을 사람이 알 수는 없는 법입니다. 하운 스님이 명리학에 정통하다 하나, 제 운명조차 몰라 바쁘게 입적하신 분이 아닙니까? 자기의 앞날에 드리운 그림자조차 보지 못한 사람이 어떻게 다른 이의 먼 앞날을 예언한다는 것

능소화

입니까? 여러 차례 말씀드립니다만, 사람이 사는 이치는 사람의 마음에 달려 있고, 하늘에 달려 있습니다. 정해진 운명이란 있을 수 없습니다. 백 번 양보하여 사람의 운명이 정해져 있다고 한다면 형님의 힘으로 어찌 그 운명의 물길을 돌릴 수 있겠습니까?"

"그렇지 않다. 지금 돌아가는 꼴이 하운 스님의 예언 그대로가 아니냐?"

"혼사는 집안과 집안의 대사입니다. 집안과 집안이 결정한 일입니다. 문중 어른들 누구도 용납하시지 않습니다."

"그럼 어째야 한다는 말이냐?"

"운명은 하늘의 뜻입니다. 정녕 하늘의 뜻이라면 사람이 어찌하겠습니까? 게다가 하운 스님의 예언이 옳다는 근거도 없지 않습니까? 요즘 집안은 물론이요 고을 안팎이 어지럽습니다. 이러한 때에 괴이한 운명 이야기로 혼사를 물리는 것은 옳지 않습니다."

하신은 관상에 대해서 말했다.

"고을의 관리로 일하면서 저는 수없이 많은 사람을 보아왔습니다. 위로는 현감과 학문이 높은 선비로부터 아래로는 시정잡배와 술꾼, 사기꾼, 도둑놈, 흉악범에 이르기까지 수없이 많은 사람을 보았습니다. 그들은 그들 나름의 낯빛이 있습니다. 사람은 낯빛에 이미 어제와 오늘과 내일이 함께 들어 있습니다. 운명은 다름 아닌 낯빛입니다."

"무슨 말을 하고 싶은 것이냐?"

"응태와 정혼한 규수를 제 눈으로 보았습니다. 낯빛이 고운 규수입니다. 사방을 호미로 파헤치듯 뒤져도 찾기 힘들 만큼 고운 낯빛을 가진 규수입니다. 제가 형님한테서 하운 스님의 예언을 들었지만 개의치 않는 이유이기도 합니다. 비록 형님이 찾는 박색에 사나운 규수가 아니나 좋은 규수가 틀림없습니다."

"허어, 너까지 그러면 어찌하느냐……."

"정혼한 규수는 낯빛이 곱고 순한 사람입니다. 그 규수 때문에 응태에게 불행이 닥칠 것이라고는 생각하지 않습니다. 허나 사람의 운명을 사람이 어찌 알겠습니까. 만약 그 규수와 더불어 우리 응태가 불행해진다 하더라도 그것은 사람의 힘으로 어쩌지 못할 일입니다. 달고 쓴 세상사를 어찌 사람이 모두 제 뜻에 따라 택할 수 있겠습니까. 다만 분명한 것은 규수의 낯빛은 결코 사람을 속이거나 불운을 감춘 낯빛이 아니었습니다."

"허나, 어째서 하운 스님의 예언과 한치도 어긋남이 없다는 말인가……."

"본시 역학을 제대로 익히고 수행을 통해 사람의 운명을 알아낸 자는 입을 열지 않습니다. 운명을 진정 아는 자는 말이 없고, 어설프게 아는 자들이 세 치 혀를 놀려 세상을 어지럽히는 법입니다. 그러니 드러나는 운명은 거짓입니다. 진정 사람의 운명을 알아버린 자라면 어찌 감히 천기를 누설하겠습니까?"

"허어, 그러나 이 모든 것을 모두 우연이라고 할 수는 없지 않느냐?"

"형님은 평생을 칼 차고 말안장 위에 앉아 살아오신 분입니다. 사리를 분명하게 분별해 병사를 지휘해오신 분입니다. 눈앞에 보이는 분명한 적과 싸워오신 형님이 어째서 그런 근거를 알 수 없는 말씀을 하시는지요? 무당의 굿과 스님의 예언으로 실체로 다가온 적을 물리칠 수 있는지요? 내 명령에 따라 움직일 병사와 병기, 병참이 없는 장수가 스님의 불경만으로 밀려오는 대군의 적을 물리칠 수 있는지요? 어불성설입니다. 마음을 편히 가지시고 혼란을 거두도록 하십시오."

더 할 말이 없었다. 누구도 이요신의 뜻에 따라주지 않았다. 게다가 응태의 어머니가 앓아누운 지 일 년이 넘어가고 있었다. 용한 의원 있다는 소문 들리면 백 리 길도 멀다 하지 않고 사람을 보내 불렀고, 좋은 약 있다는 소문 들리면 값을 따지지 않았다. 작두 타는 무당을 불러 사흘 밤낮을 북 치고 춤추는 굿도 마다하지 않았다. 그러나 아내의 병세는 차도가 없었다. 아내의 생명은 얇고 약한 꽃잎 같았다. 오늘 밤 비에 스러질지, 내일 불바람에 흩어질지 모를 들꽃이었다. 그런 아내가 병석에서 묻는 말이라고는 둘째 아들 응태의 혼례뿐이었다. 부디 서둘러 달라고 아내는 입버릇처럼 재촉했다.

'과연 내가 쓸데없는 걱정을 하고 있는 것인가……'

하신의 이야기는 구구절절 옳았다. 사람의 운명이 정해져 있다는 것은 어불성설이었다. 설령 그렇다고 한다면 사람의 힘으로 어쩌지 못할 일이기도 했다. 게다가 정혼한 홍씨 규수는 곱고 정한 사람이라고 했다.

요신은 대청에 서서 검은 하늘을 보았다. 한바탕 큰비가 쏟아질 모양이었다. 요신은 스물을 훌쩍 넘어 장성한 아들이 차라리 막 걸음마를 시작한 아이라면 좋겠다고 생각했다. 막지 못할 불운이 다가오고 있다면 차라리 멀리 있기라도 하면 좋겠다고 생각했다. 요신은 깊은 한숨을 지었지만 어떤 결정도 내리지 못했다. 그렇게 혼례 날은 다가왔다.

그저께 밤 채단采緞과 신랑의 성명과 생년월일시를 적은 혼서지婚書紙를 담은 검은 함을 신부집으로 보냈다. 시들어 떨어진 들꽃 같은 아내는 이글이글 타는 눈으로 사투를 벌이듯 아들의 혼례를 챙겼다. 이제 와서 허튼소리나 곤란한 이야기를 꺼내기라도 하면 아내는 당장이라도 스러질 것 같았다.

그날 밤 요신의 꿈에 하운 스님이 나타났다. 제때 깎지 않은 머리카락은 살아 있을 때나 마찬가지로 막 파계하고 사바로 들어서는 사람 같았다. 하운은 벌써 이십오륙 년 전에 한 말을 다시 했다.

"아드님이 붉고 큰 소화꽃을 안고 집으로 들어오는 때가 올 것입니다. 내치셔야 합니다. 돌아보지 말고, 생각하지 말고 거칠게 내치셔야 합니다. 고요한 날을 기다리시면 늦습니다. 맑고 고요한 날을 기다리지 말고 내치셔야 합니다. 거친 날이 잦아들고 맑고 고요한 날이 왔을 때는 늦습니다. 참봉어른! 부디 소승의 말을 가벼이 여기지 마십시오."

이요신은 깜짝 놀라 벌떡 일어났다. 사위는 어둡고 고요했다. 신경을 너무 곤두세운 탓에 잡몽을 꾼 것인가? 하운 스님이 일깨움을 주시기 위해 전하는 현몽인가? 자리끼 한 모금을 마신 요신은 새벽이 어슴푸레 밝아올 때까지 잠들지 못했다.

전안상 위에는 나무 기러기가 올라앉아 있었다. 집사는 혼례가 시작됨을 천지신명과 만물, 둘러선 가족과 일가친척, 구경꾼들에게 알렸다. 장대한 기골과 훤칠한 인물에 사모 쓰고 관복 입은 응태는 여태 본 어떤 신랑보다 두드러졌다. 구경 나온 사람들마다 한두 마디씩 칭찬의 말을 거들지 않는 사람이 없었다.

　"신랑, 북향 사배."

　응태는 북쪽을 향해 네 번 절했다. 절이 끝나자 낙동댁이 나무 기러기를 치마폭으로 싸들고 안방으로 가서 던졌다. 방바닥에 떨어진 기러기는 화들짝 놀라기라도 한 듯 벌떡 일어섰다. 기러기를 던져 넘어지면 딸을 낳고 일어서면 아들을 낳는다고 했다.

　"아들이네! 아들이얏!"

　누가 먼저랄 것도 없이 동네 여자들이 떠들어댔다. 좋은 날을 맞고도 그때까지 얼굴을 펴지 않던 여늬의 어머니도 그제야 혼례가 실감이 난 듯 입가에 희미한 웃음을 머금었다. 이미 마음을 푼 덕분에 진작부터 싱글벙글하던 홍 생원은 누른 이를 다 드러내고 웃었다. 굳은 얼굴로 자리를 지키고 있던 이요신은 못마땅한 눈으로 호들갑 떠는 여자들을 노려보았다. 안동에서 먼 길을 달려온 이요신은 사돈을 만나 의례적인 인사를 나누었을 뿐 누구와도 이야기를 하지 않았고, 단 한번도 웃는 낯을 보이지 않았다. 그러나 누구도 이요신의 못마땅하고 불안해하는 얼굴을 눈여겨본 사람은 없었다. 이요신은 사돈 측 문중 사람들이 차례로 다가와 허리를 굽히고 인사를 건넬 때도, 사모 쓴 아들 응태가 씩씩하게 걸어 들어왔을 때도, 북쪽을 향해 절을 할 때도, 기러기가 벌떡 일어섰을 때도 굳은 얼굴을 풀지 않았다.

웅성거리는 사람들 사이로 들러리의 부축을 받으며 신부가 교배상 맞은편으로 나와 섰다. 화관 쓰고 원삼 입은 여늬는 흡사 하늘에서 내려온 선녀 같았다. 둘러선 사람들은 놀라 벌어진 입을 다물지 못했다. 옻칠을 한 듯 검은머리와 희디흰 얼굴, 다소곳이 내리 깐 큰 눈과 오뚝 솟은 코. 여태껏 잘생긴 신랑을 칭찬하던 하객들이 신부의 아름다움을 칭송하느라 입이 마를 지경이었다. 오직 한 사람 이요신만이 신부의 옥처럼 고운 자태를 잔뜩 찌푸린 얼굴로 바라보았다. 우물尤物은 요물이라고 했건만……. 어찌하여 저런 아이가 내 집에 들어온다는 말인가. 그토록 피하려고 했건만…… 사람의 운명이 진정 정해져 있는 것일까, 그럴

리 없다 하며 스스로 마음을 달래려 애쓰던 이요신은 막상 여늬의 고운 자태를 보자 누르고 눌렀던 한숨을 토했다.

"성혼례를 거행하겠습니다. 신부, 재배."

들러리를 선 두 여자가 신부의 겨드랑이를 끼고 절하는 신부를 도왔다. 응태는 절하는 신부를 보았다. 앉았다가 일어서는 신부의 얼굴을 본 응태는 자칫 어! 하고 소리를 지를 뻔했다. 신부집으로 들어올 때부터 이전에 사냥 나가는 길에 본 그 집이 틀림없다는 생각을 하고 있던 터였다. 그러나 아버지는 신부 될 규수가 박색으로 소문난 사람이라고 했다. 그러니 자신이 사냥 길에 본 선녀 같은 여인일 리는 없다고 단정하고 있었다. 그러나 들러리의 부축을 받으며 나온 여인은 아버지가 말씀하신 박색의 추녀가 아니라 얼마 전 일월산으로 사냥 가는 길에 담 너머로 본 규수가 틀림없었다. 응태는 혼례가 어떻게 진행되는지 몰랐다. 누군가 "신랑 일배, 신부 이배"를 외쳤고 술잔이 오고갔지만 그는 신부의 얼굴에서 눈을 떼지 못했다. 틀림없이 홍구에서 본 그 아름다운 규수였다. 그렇다면 박색이라는 아버지의 말씀은 무엇이란 말인가.

혼례가 이어지는 동안 옆에 선 사람들이 이런저런 말을 거들고 장난을 치기도 했지만 응태는 듣지 못했다. 신랑이 입을 댄

95

술잔을 들러리가 받아 신부의 입에 대는 합근례가 끝났을 때 응태는 겨우 정신을 차렸다. 들러리가 신부를 부축해 안방으로 들어가고 있었다. 멀뚱하게 신부의 뒷모습을 바라보던 응태는 사람들에게 떠밀려 사랑으로 들어가 예복을 벗고 신부집에서 마련한 도포로 갈아입었다.

혼례가 끝나고 친정에서 응태 부부가 안동의 귀래정으로 왔을 때 이요신은 아들과 며느리를 불러 앉혔다. 이요신은 다른 부모들처럼 앞으로 아들 딸 많이 낳고 서로 아끼며 행복하게 잘 살라는 말 대신, 친정으로 거처를 옮기라고 명했다. 평소 이요신은 마음속 깊이 고민한 다음 그 결과를 전달하는 성품이었고 이러니저러니 전후사정을 설명하거나 변명을 늘어놓는 사람이 아니었다. 그러나 이날 이요신은 평소 그의 성품에 어울리지 않게 구구절절한 이야기를 풀어놓았다.

"처가에서 사는 것은 흔한 일은 아니지만 그렇다고 양반가의 법도에 어긋나는 일도 아니다. 학봉 김성일 선생도 안동 천전

리 생가를 떠나 금계리 처가에 머무셨다. 중종 임금 때 사간을 지낸 회재 이언적 선생의 부친도 양동의 월성 손씨에게 장가들 면서 고향인 영일을 떠나 양동으로 옮기셨다. 이언적 선생 역시 장가들면서 양동에서 옥산으로 옮기셨느니라. 어디 그뿐이냐? 김종직 선생의 아버지 김숙자 선생도 선산이 고향이지만 혼례와 더불어 밀양의 처가에서 사셨다."

"하오나, 형님까지 멀리 타향에 가 살고 있는 형편에 저까지 처가에 머문다면 너무 적적하시지 않습니까?"

"너희 형이야 어디 집을 떠난 것이라 할 수 있느냐? 나라의 일을 하는 사람은 나라에서 정한 데로 옮겨 다녀야 하는 법이고, 이러니저러니 해도 고향으로 돌아올 것이다. 처가에서 영 살라 는 말이 아니다. 아이들이 좀 클 때까지 처가에 살다가 돌아오는 것이 여러모로 좋다. 게다가 사돈 양반께서는 네 처 아래로 자식 이 없으시니 너희가 큰 위안이 될 것이다. 나에게도 네가 귀래정 을 잠시 떠나 있는 것이 여러모로 위로가 된다."

"저희가 떠나 사는 것이 위로가 되신다는 말씀은 무슨 연유 이신지요?"

"별 것 아니다. 그저 네가 네 형과 달리 늘 내 품속에서만 자 랐으니 멀리 떠나 생활해보면 더욱 성장할 것이라는 게 내 마음

능소화

이다."

"하오나 지금은 어머니가 편찮으시고……."

"두말할 것 없다. 너희가 옆에 있다고 네 어머니 병이 쉬이 낫겠느냐? 그렇게 알고 내 말을 따라라."

전통과 처가의 사정을 이유로 들었지만 요신이 아들 내외를 처가에서 살게 한 것은 한 가닥 기대 때문이었다. 요신은 여전히 불안했다. 게다가 눈에 띄게 미색이 뛰어난 며느리는 보면 볼수록 불행한 예감을 주었다. 그는 사주만큼 중요한 것이 이름과 거처라는 하운 스님의 말씀을 기억해냈다. 어차피 혼례를 물릴 수는 없었다. 그렇다면 아들이 사는 집이라도 옮겨 액을 막아보자고 생각했다. 아들 응태가 안동의 귀래정에서 살지 않고 멀리 떨어져 산다면 하운 스님이 말씀하신 처방 중에 하나쯤은 따르는 것이라고 기대했다. 사람에게 닥친 불행이니 사람이 그 불행을 걷어낼 방도 역시 있을 것이다. 요신은 언제나 염두에 두었던 당부를 덧붙였다.

"처가에 가거든, 담 벽을 돌아가며 자라는 붉은 소화를 모조리 뽑아버려라. 집에 덩굴나무가 치렁치렁하니 벌레가 들고 습기가 차는 법이다. 여름 한철 즐겁자고 집 안을 사철 눅눅하게 만들 필요가 있겠느냐? 장인어른과 잘 상의하여 반드시 그 소화

98

덩굴을 모조리 뽑아버리도록 해라. 두 번 다시 내가 소화나무에 대해 이야기하는 일이 없도록 해라. 네가 태어나고 우리 집 안팎으로 무성하던 소화나무를 내 손으로 모조리 뽑아버렸느니라. 네게는 그 요망한 소화꽃이 어울리지 않는다. 명심해라."

이튿날 처가로 떠나는 응태를 배웅하며 요신은 다시 한번 소화나무를 모조리 뽑아버리라고 단단히 못을 박았다. 응태는 영문을 몰랐지만 아버지의 단호하고 엄격한 말씀에 그저 고개를 조아렸다.

처가에 도착한 응태는 장인어른과 의논한 끝에 소화나무를 뽑아내기 시작했다. 오래된 나무를 베거나 뽑아내자니 서운하지 않은 것은 아니었으나 사돈어른이 특별히 따로 당부했다는 말에 홍 생원은 어쩌지 못했다. 소화나무가 뿌리째 뽑혀 나가는 동안 여늬는 찌푸린 얼굴로 남편의 등을 바라보았다.

"소화는 제가 태어나기 전부터 있었고, 또 제가 특히 가까이 하는 꽃입니다. 별다른 이유가 있는 것은 아니지만 어쩐지 정이 갑니다. 앞 담의 소화를 다 뽑았으니 뒷담의 소화는 그냥 두시는 것이 어떤지요?"

여늬는 구슬땀을 흘리는 남편에게 물 사발을 내밀며 간청했다. 시아버님이 소화꽃을 싫어하시는 것은 충분히 알겠다. 그러나 앞 담의 소화꽃을 다 뽑았으니 이제 된 것이 아니냐? 설령 시아버지가 행차를 하신다고 해도 일부러 뒷담을 돌아보지 않으신다면 소화꽃을 보시는 일은 없을 것이라며 거듭 부탁했다.

응태는 아내의 간곡한 요청을 거절할 수 없었고, 그렇다고 아버지의 당부를 거역할 수도 없었다.

"하지만 아버지가 일부러 당부하실 때에는 그만 한 연유가 있을 터인데……."

"그렇습니다. 시아버님이 당부하실 때에는 틀림없이 곡절이 있을 것입니다. 그렇더라도 모두 뽑아버리는 것은 너무 서운한 일이옵니다. 저는 여덟 살 이후로 단 한번도 집 밖으로 나가지 못했습니다. 집 안에만 갇혀 지내는 제게 소화는 유일한 벗입니다. 소화꽃이 어째서 담 밖으로 고개를 내밀고 밖을 내다보는 줄 아시는지요? 담 안에 갇힌 여인이 님이 오시기를 기다리며 담 너머를 내다보는 것이라고 합니다."

"그렇지만……."

"저는 집 밖으로 나가지 못했으나 서방님은 저를 찾아오셨지요? 서방님과 제가 처음 만난 날을 기억해보세요. 저 대신 소화의 붉고 큰 꽃이 담 너머로 고개를 내밀고 서방님을 제게로 오시게 하지 않았는지요? 소화꽃은 우리 두 사람을 만나게 해준 꽃입니다."

응태는 여늬의 간곡한 부탁에 소화나무 한 그루를 베지 않고 남겼다. 종일 집 안에만 갇혀 살아온 아내 대신 고샅을 내다본 꽃, 어여쁜 아내와 자신을 처음 만나게 해준 꽃이었다. 아내의 말을 듣고 보니 소화꽃에 애틋한 정이 더해졌다.

응태는 허리를 꼿꼿이 펴고 책상을 당겨 앉아 밤늦도록 책을 읽었다. 옆에 다소곳이 앉은 여늬는 남편이 글 읽는 소리를 들었다. 종종 눈을 들어 부드러운 눈으로 남편을 바라보았고 남편의 목소리를 따라 흥얼거렸다. 책을 읽던 응태는 문득문득 읽기를 중단하고 그 뜻을 풀어 여늬를 지루하지 않게 했다. 아내는 고개를 끄덕이고 남편은 미소로 받았다.

두 사람은 밤늦도록 책을 읽고 이야기를 나눴다. 책 속에 담긴 이야기를 풀어내고, 어제와 오늘과 내일을 책 속의 오래된 이야기에 견주어 풀어나갔다. 눈 내리는 밤은 고요했다. 책 읽는 소리는 담을 넘지 않고 쌓인 눈 속으로 스며들었다. 눈이 하얗게 쌓인 뜰 안에는 발자국 하나 없었고 아무도 두 사람의 사랑을 눈치 채지 못했다.

응태는 겨울바람 속에서 아내의 흰 얼굴 보는 것을 좋아했다. 찬바람 속에서 나란히 걷다 보면 아내의 창백하리만큼 하얀 얼굴은 푸르스름함과 불그스름함이 더해져 더욱 아름다웠다. 응태는 공연히 여늬를 불러 마당을 함께 거닐거나 별 뾰족할 것도 없는 시상을 읊조리기도 했다. 앞뒤 대구도 맞지 않는 시문을 끝없이 읊조린 것은 오직 아내의 얼굴이 찬바람에 시리는 순간을 기다리기 위해서였다. 남편의 마음을 아는 여늬는 어울리지 않는 대구에도 귀를 기울이며 찬바람 속을 천천히 걸었다.

여늬가 빨래를 걷어들이면 응태는 다듬잇돌을 가운데 두고 마주 앉았다. 다듬잇돌 앞에 처와 마주 앉은 모습은 점잖은 선비에게 어울리지 않는 풍경이었다. 여늬가 자못 꺼리는 손짓을 했지만 응태는 개의치 않았다.

"이미 어둠이 천지를 덮고 있지 않소?"

여늬가 짐짓 꺼리는 얼굴을 보일 때마다 응태는 어둠이 두 사람을 가려주고 있다고 둘러댔다. 다듬이질 소리에 대청으로 나온 여늬의 어머니는 마주 앉은 딸 부부를 보고 소리 없이 돌아서기 일쑤였다. 늙은 얼굴에 가슴 깊은 곳에서 솟아난 미소가 그

득했다.

탁탁탁, 탁탁탁.

해 지고 저녁 설거지를 끝낸 집집마다 아낙들이 두드리는 다듬이질 소리가 났다. 종일 밭일에 지친 동네 아낙들의 다듬이질 소리에는 한숨과 타박이 묻어났다. 그러나 웅태와 여늬의 방망이질 소리에는 곡조가 있었다. 음악을 모르고 곡조를 몰랐지만 두 사람의 다듬이질 소리에서는 신명이 일어나 흥겹게 춤을 추었다. 아내가 잠시 쉴 요량으로 방망이질을 멈추기라도 하면 웅태는 재빨리 아내의 입술에 입을 맞추기도 했다. 여늬는 얼른 남편을 밀어내고 다시 방망이를 두드렸다. 흘겨보는 눈빛에 교태가 묻어 있었다.

두 사람은 좁은 신방에서 꿈같은 날들을 보냈다. 세상은 넓고 시끄러웠으며 해야 할 일, 하고 싶은 일도 많았다. 그러나 웅태는 해 지기 무섭게 좁은 신방으로 숨어들었다. 처음 접한 논밭의 일은 고되고 거칠었다. 그러나 신방의 문지방을 넘어서는 순간 세상사의 피로와 번뇌를 잊었다. 여늬의 몸짓, 여늬의 목소리는 하나하나가 꿈처럼 달콤했다. 걸음마를 시작하면서부터 하루도 거르지 않은 책읽기며, 세상으로 나아갈 꿈은 여늬의 품속에서 안개처럼 흩어졌다. 좁은 신방과 여늬의 상아조각 같은 몸뚱

103

이를 빼면 이 세상의 모든 부침은 부질없고 허망한 것이었다. 응태는 좁은 신방에서 인생에 다시 오지 않을 기쁨을 보았다. 좁은 방, 거기에는 언제나 여늬가 있었다.

"세상에 누가 우리 같겠소. 세상에 누가 우리처럼 서로 어여삐 여기겠소. 나는 우리 머리가 희어질 때까지 살다가 함께 죽을 수 있기를 바랄 뿐이오. 세상에 누가 있어 당신만큼 아름답겠소. 내가 세상에 다시 난들 당신처럼 어여쁜 아내를 만날 수 있겠소. 나는 당신을 죽을 때까지 사랑할 것이오. 아니오. 죽어서도 나는 당신을 사랑할 것이오."

응태의 심장과 혈관은 여늬와 더불어 불덩어리가 됐다. 그는 식지 않을 불덩어리가 되어 여늬를 안았다. 여늬는 실체로서 눈앞에 존재하는 남편의 무쇠처럼 단단한 가슴에 묻혀 실체 없는 불행을 잊었다. 떠돌이 중이 지껄여댄 실체 없는 불행은 남편의 굵은 팔뚝과 단단한 가슴에 밀려 흩어지고 없었다.

응태는 꿈같은 날들을 보냈지만 때때로 여늬의 얼굴에 나타나는 낯선 그림자와 낯선 표정에 마음이 어두워지기도 했다. 입을 꾹 다물거나 표정 없는 얼굴로 먼 데를 바라보는 여늬는 살을 맞대고 사는 여자가 아니라 단 한번도 대면한 적이 없는 차갑고 낯선 사람 같았다. 그 얼굴은 마치 인생을 몇 번이나 살아온 여자, 세월의 강물을 오르고 내리며 삼라만상의 행복과 슬픔과 고통을 모두 맛본 사람의 얼굴 같았다. 그러나 어디서, 어떤 세월을 살았는지 알 수 없는 얼굴이었다. 아내의 희고 여린 얼굴 건너편에 드리운 설명하기 힘든 그림자를 마주하는 날이면 응태는 가슴이 묵직하고 숨이 막혀왔다.

"집안에 무슨 일이라도 있는 것이오?"

어느 날 대청에 홀로 앉아 먼 데를 바라보는 여늬에게 응태가 물었다. 나 모르는 일이 집안에 생긴 것은 아닐까 하는 염려였다. 그러나 여늬는 남편이 어째서 그런 말을 하는지 알 수 없었다. 여늬는 자신의 얼굴에 어른거리는 검은 그림자를 알지 못했다. 여늬는 다만 자신도 모르게 어두운 얼굴이 되어 있을 뿐이었다.

"무슨 일이라니요? 어째서 그런 말씀을 하시는지요?"

여늬는 진정으로 알지 못했다. 남편이 어째서 그런 이야기를 하는지 알 수 없었다. 제 얼굴에 드리운 어두운 그림자를 여늬는 알지 못했다. 여늬는 이내 상아처럼 하얀 얼굴을 들어 남편을 보았다. 그 크고 고운 눈에서 어두운 빛을 찾을 수는 없었다. 응태는 공연한 생각에 빠진 자신을 책했다. 쓸데없는 걱정이었다. 여늬의 상아처럼 희고 티 없는 얼굴에서 응태는 밝고 뚜렷한 행복을 다시 확인할 수 있었다. 봄날 피어나는 사랑의 아지랑이 너머에 도사린 차갑고 어두운 운명을 응태는 알지 못했다.

눈 내리는 깊은 밤에도, 비가 내리는 무더운 밤에도, 꽃이 피고 지고, 낙엽이 바람에 굴러가는 밤에도 부부는 나란히 앉아 책을 읽고 선현의 삶을 이야기했다. 고요한 밤, 착한 얼굴로 마주 앉은 부부의 방으로 다가오는 검은 그림자를 알지 못했다. 검은 그림자는 비가 내리고 눈이 내리는 날에도, 바람이 불고 낙엽이 지는 날에도, 햇볕이 뜨거워 숨이 막힐 듯한 날에도 걸음을 멈추지 않았다. 검은 그림자는 쉬지 않았고 지치지도 않았다. 자박자박 다가오는 검은 그림자의 발소리를 부부는 듣지 못했다. 검은 그림자는 육중한 무게로 땅을 짓누르며 다가왔지만 눈 쌓인 뜰 안에 발자국도 남지 않았다.

혼례를 올리고 이듬해 여름 응태와 여늬 사이에는 아들 원이가 태어났다. 솔가지와 붉은 고추를 새끼줄에 감은 금줄이 쳐졌고 집 안팎은 웃음소리가 가득했다. 여늬의 아버지와 어머니는 엎드려 하늘에 감사의 절을 했고 덩실덩실 춤을 췄다. 이십일일이 지나고 안동에서 이요신이 다녀갔다. 혼례 직후 아들 내외를 처가로 보낸 뒤 연락을 끊다시피 해온 이요신은 직접 백 리 길인 홍구로 달려와 며느리를 위로했다. 산모와 아이에게 먹이도록 내륙지방에서 구경하기 힘든 바다 생선을 넉넉하게 챙겨왔다. 조기 한 두름과 고등어 두 손이었다.

이요신은 집 안팎을 두루 살펴보았다. 흐드러지게 피어 있던 소화꽃은 어디에도 없었다. 이요신은 흡족하고 밝은 얼굴로 아들 내외를 격려했다.

"너희는 내 뜻을 섭섭하게 받아들이지 마라. 너희를 내친 게 아니라 적적해하실 사돈어른들을 생각한 것이다. 아이가 일곱 살이나 여덟 살이 되면 귀래정으로 돌아오도록 해라. 그리하면 아이도 외가의 정을 알 만한 나이가 될 것이니 두루 좋은 것이다."

이응태는 아버지의 말씀에 기쁨의 눈물을 흘렸다. 아버지가 자신을 내친 것은 아니지만 며느리를 집안에 들이기를 꺼린다는 것을 알고 있던 그였다. 안동으로 돌아간 후에도 이요신은 아들에게 자주 편지를 냈다. 아이는 어떻게 지내고 있느냐? 며느리의 몸은 괜찮으냐? 인편에 생선을 보내니 푹 고아서 네 처가 먹도록 해라. 사돈어른들께 나의 안부를 전해다오.

무엇보다 응태를 기쁘게 한 것은 자신과 처가에 대한 아버지의 인정이었다. 혼례를 전후해 아버지는 응태의 의견을 묻기는커녕 이야기를 나누려고도 하지 않았다. 어릴 때부터 형 몽태에 비해 자신을 데면데면하게 대한 아버지였다. 그런 아버지가 응태의 혼례를 앞둔 무렵부터 아예 얼굴을 마주 대하려고 하지도 않았다. 그러나 이제 아버지는 인편으로 자주 편지를 내어 안부를 묻고 응태의 생각을 묻고 있었다.

너의 매를 사려는 사람이 있는데, 육칠 필로 하려 한다. 네 생각은 어떠냐? 일간 안동에 들르면 좋겠다. 원이가 보고 싶구나. 너는 언제쯤 오려느냐? 기다리려니 어렵구나. 보리타작은 어떠냐? 이쪽엔 비가 많이 내려 타작하는 데 어려움이 많았다. 사돈댁 일은 네가 부지런히 하여라. 농사는 천하의 근본이다. 네 비록 자라는 동안 농사일을 가까이하지 못했다고 하나 사돈댁에서는 게을리 하지 마라. 네가 홍구에 머무는 동안 네 집은 거기이고, 네 일은 농사임을 잊지 마라. 특별히 당부한다. 늘 조신함과 겸손함을 잃지 마라.

이응태는 아버지의 말씀을 따랐다. 홍구로 온 후 초기에는

108

늘 글읽기와 사냥으로 소일했지만 농사일에 직접 나섰다. 처음 응태의 어깨에 걸린 지게는 어색했지만 며칠이 지나자 제 몸처럼 익숙했다. 지게를 지고 대문을 나서는 그의 뒷모습은 영락없는 농사꾼이었다.

"정성이야 정성."

만석꾼 집안에서 자라는 동안 한번도 지게를 져본 일이 없는 사위를 보며 여늬의 아버지는 흐뭇했다. 농사꾼 자질이 있어 보인다는 말은 아니었다. 자라는 동안 글읽기와 사냥만 해온 사위가 농사를 해보지 않은 일이라고 내치지 않는 모양이 어여뻐 저도 모르게 나오는 말이었다.

응태는 이른 아침부터 늦은 밤까지 콩 도리깨질을 하고도 피로한 내색을 하지 않았다. 농사일에 익숙한 농부들도 종일 콩 도리깨질을 하고 나면 삭신이 쑤셔 흐느적거리기 일쑤지만 응태는 종일 쟁기질과 도리깨질, 낫질과 호미질을 하고도 지치지 않았다. 고된 농사일을 마친 후에는 밤늦도록 책을 읽었다. 어린 시절부터 하루도 빼놓은 적이 없는 책읽기라 그냥 자리에 눕기가 어색하다고 했다.

"농사일도 어색하지 않지만 서방님은 아무래도 책을 읽으실 때 가장 어울립니다."

능소화

여늬는 책 읽는 남편을 좋아했다. 부지런히 일하고 밤늦도록 책을 읽는 모습은 세상에서 가장 보기 좋은 풍경이었다. 이른 봄에 피는 꽃도, 계절에 맞춰 부는 바람도, 하늘을 나는 오색찬란한 새들도, 온 세상을 하얗게 물들이는 동짓달 눈도 그만 못했다. 그 무엇보다 남편의 책 읽는 모습이 좋았다. 달빛이 부드럽게 쏟아지는 마당에 홀로 서서 남편의 책 읽는 소리를 듣노라면 밤이 깊어가는 줄 몰랐다.

남편의 팔을 베고 누우면 여늬는 옛날이야기를 꺼냈다. 이전에도 몇 번이나 한 이야기를 여늬는 마치 처음 꺼내는 이야기처럼 했고, 몇 번이나 들은 이야기지만 응태는 처음 듣는 이야기처럼 귀 기울였다.

당신을 처음 만난 날을 또렷이 기억합니다. 당신은 벗들과 일월산으로 사냥을 나가던 길이었지요. 햇볕은 뜨거웠고 담벼락에 능소화가 흐드러지게 피어 있었습니다. 저와 눈이 마주친 당신은 고개를 숙였지요. 당신은 그때 정신이 아찔했노라고 나중에 말씀하셨지요. 맞아요. 저도 그랬답니다. 저는 쿵쿵 뛰는 가슴을 어쩌지 못하고 얼른 초당으로 돌아왔습니다. 초당으로 걸어오는 동안 넘어지지 않으려고 조심했습니다. 제가 어떻게 걷고 있는지 몰랐습니다. 어떻게 초당으로 돌아왔는지 아무리 생각해도 생각이 나지 않습니다. 어쩌면 콩콩 뛰는 제 가슴 소리가 담 너머에 서 있는 당신 귀에까지 들리지 않을까 걱정했습니다. 행여 누가 보지는 않았는지 걱정도 했습니다.

저는 그때 이미 정혼한 몸이었습니다. 담 너머로 눈이 마주친 사람이 제 남편이 될 사람인 줄 제가 어찌 알았겠습니까. 이미 정혼한 규수가 다른 댁 도령과 담을 가운데 두고 희롱한다는 소문이라도 나면 어쩌나 두려웠답니다. 그런 마음 한편에서는 혹여 당신이 사람을 시켜 우리 집으로 편지라도 전하지 않을까 기대하는 마음도 있었습니다. 그러고는 이미 정혼한 규수가 조신하지 못해 다른 남정네의 편지를 받았다면 집안 어른들의 체면이 무엇이 될까 걱정도 했습니다. 걱정과 기대 사이에서 저는 몇 날 며칠을 뜬눈으로 지새웠습니다. 부질없는 걱정이고 기대였지요. 그날 이후 당신은 한번도 다시 우리 마을로 사냥을 오시지 않았고 편지를 내지도 않았습니다. 참 우습지요. 얼굴도 모른 채 정혼한 우리가 정혼한 사이임을 모른 채 담을 가운데 두고 만났으니 하늘이 정한 인연인가 봅니다.

팔베개를 하고 누운 웅태와 여늬 옆에는 아들 원이의 가느다란 숨소리가 봄꽃 피는 소리인 양, 봄을 싣고 온 물이 얼음 밑으로 흐르는 소리인 양 고왔다.

111

응태가 꿩 두 마리를 잡아온 날 석류탕을 만들었다. 만두소와 탕국물 재료로 생치(꿩고기)를 썼다. 응태가 사냥 나간 동안 여늬는 석류 모양으로 만두를 빚었다. 딸 옆에 쪼그리고 앉은 여늬의 어머니는 시집오기 전 친정에서 먹던 석류탕을 사위 덕에 다시 먹게 됐다며 수다를 떨었다.

만석꾼 집에서 어린 시절을 보낸 덕분인지 응태는 어떤 음식이든 제대로 차린 것을 좋아했다. 국수를 해 먹어도 오미자국에 띄우거나 꿩고기 육수를 내는 것을 좋아했다. 꿩김치, 꿩짠지를 좋아해 집안에 꿩김치 떨어지는 날이 없었다. 그는 금세 무르고 썩어버리는 복숭아를 겨울에도 먹을 수 있는 방도를 비법이라며 아내에게 알려주기도 했다. 누구나 알 만한 방도지만 응태는 자랑스럽게 떠벌렸고 여늬는 모른 척 들었다.

"밀을 곱게 갈아낸 가루에 복숭아를 넣어두면 겨울에도 여름날 같이 싱싱한 복숭아를 먹을 수 있소. 복숭아가 숨을 쉬면 물기가 달아나고 맛도 영양가도 없어지는 법이지만 곱게 갈아 만든 밀가루 죽에 담아둔 복숭아는 겨울에도 향기와 물기를 그대로 간직하는 법이오."

음식에 관한 응태의 비법은 모두 안동의 시어머니에게서 나온 것이었다. 응태는 엄동설한에도 겨울야채를 키울 수 있다며 괭이를 들고 외양간 뒤로 돌아갔다. 장인과 장모, 여늬와 품에 안긴 원이가 응태의 괭이질을 호기심 어린 눈으로 바라보았다. 응태는 외양간 뒤의 자투리땅에 움을 파고 거름과 흙을 깔아 산 갓, 파, 마늘을 심고 그 위에 거름을 더 퍼부었다. 거름은 추운 날씨에서도 더운 김을 뿜어냈다. 그 속에서 파, 마늘, 산갓은 싹이 트고 자랐고 집안은 봄에도 여름에도, 가을과 겨울에도 시끌 벅적했다. 홍구의 식구들은 엄동설한이지만 싱싱한 산갓을 먹었다. 고기를 오래 보관할 수 있는 비결과 닭과 꿩을 맛있게 굽는 법을 알려준 사람도 응태였다. 응태가 닭이나 꿩의 털을 발라내고 부엌이 아닌 마당에서 굽고 지지는 동안 쪼그리고 앉은 여늬의 아버지는 어린아이 같은 눈으로 사위의 손놀림을 지켜보았다.

여늬의 아버지는 응태를 친자식처럼 어여삐 여겼다. 박복한 운을 타고난 딸아이를 평생 걱정하며 살았지만 듬직한 사위를 얻어 거칠고 야속한 운명을 멀리 쫓아버렸다. 여늬의 아버지는 술에 취하면 응태를 불러 "자네 고맙네, 나는 자네만 믿네"라고 자주 이야기했다. 응태는 눈시울 붉은 장인 앞에 꿇어앉아 호방한 웃음을 지었다. 그 웃음소리가 크고 맑아 부엌에 앉아 불 지피던 여늬의 어머니는 눈물을 흘렸다. 두 눈 똑바로 뜨고 악담을 퍼붓던 떠돌이 중의 얼굴은 응태의 맑고 큰 웃음소리에 밀려 흩

어지고 사라졌다. 무섭고 추운 밤은 가고 꽃피고 새 우는 봄이
왔다. 여늬의 곁에는 웅태가 있었고, 원이가 있었다. 여늬의 어
머니는 제 아비의 손을 잡고 마당을 뛰어다니며 웃는 원이를 보
며 눈물을 훔쳤다. 거기에는 언제나 웃음을 머금고 사는 키 크고
듬직한 사위가 서 있었다.

　팔목수라는 오랜 세월 사람들의 세상을 헤맸다. 어디에서도
소화를 꺾어 인간 세상으로 도망친 계집의 흔적을 찾을 수는 없
었다. 흐르는 강물과 바람에도, 세월에 맞춰 피고 지는 꽃에도,
세상을 떠도는 수많은 풍문 속에도 계집의 이야기는 없었다. 소
화 이야기는 많았다. 여기저기 소화 만발한 고장이 있다면 빼놓
지 않고 찾아갔다. 그러나 거기 어디에서도 계집의 흔적은 없었
다. 계집은 여기저기를 떠돌며 가는 곳마다 소화꽃을 퍼뜨렸으
리라. 날이 갈수록 세상에는 소화꽃이 늘어났고, 그 향기가 사방
에서 진동하는 통에 갈수록 계집의 흔적은 묘연해졌다. 거의 다
잡은 줄 알았던 계집을 예상치 못한 방해꾼의 손에 빼앗긴 게

십여 년 전이었다.

팔목수라에게 십여 년은 찰나처럼 짧은 시간이었다. 그러나 옥황상제님이 허락한 시간이 거의 막바지에 이르고 있었다. 하늘문이 닫힐 시간이 오고 있었다. 더 머뭇거리다가는 영영 하늘로 돌아갈 수 없을지도 모른다. 십여 년 전 천신만고 끝에 계집을 발견하고 발목을 잡았다. 그러나 종니란 놈이 불쑥 나타나 일을 방해했다. 예상치 못한 훼방꾼을 처단하고 돌아섰을 때 계집은 재빨리 몸을 숨긴 뒤였다. 바로 눈앞에 있던 계집이 어느 순간 갑자기 세상에서 사라져버린 것이다. 그렇게 봄이 가고 여름이 가고, 가을과 겨울은 시간을 맞춰 오고갔다. 아침이면 숲을 떠나 먼 곳으로 날아간 새들이 어두워질 즈음이면 어김없이 제 집을 찾아 숲으로 기어들고 있었다. 그러나 자신은 돌아갈 때를 찾지 못하고 있었다. 팔목수라는 컴컴한 하늘을 보았다. 시간이 얼마 남지 않았다. 옥황상제님이 허락한 시간은 상제님이라도 바꿀 수 없었다. 그것은 하늘 세상의 규칙이었다.

'이제 곧 하늘문이 닫히리라.'

얼마나 긴 세월이 흐른 것일까. 만 년 동안 먹지 못한 몸은 야월 대로 야위었다. 더욱 참기 힘든 것은 햇볕이었다. 따갑게 내리쬐는 햇볕은 바늘이 되어 몸뚱이와 여덟 개 눈을 찔렀다. 햇볕은 몸뚱이 여기저기에 상처를 냈고, 몸의 구멍마다 진물이 흘렀다. 계집의 흔적을 좇아 세상을 떠도는 동안 옥황상제님의 노여움을 받아 인간세상으로 유배 왔거나, 특별한 임무를 띠고 땅을 밟은 여러 신들을 만났다. 그들은 팔목수라의 이야기를 듣고 진심으로 위로했으며 측은함을 감추지 않았다. 이제 임무를 마치고 하늘로 돌아가는 길이라는 신들은 자신들이 먹고 남은 하늘 음식을 나눠주기도 했다. 게걸스럽게 음식을 입안으로 쑤셔 넣고 우적우적 씹어대는 제 몰골이 서러워 팔목수라는 남몰래 눈물을 흘리기도 했다.

이제 계집을 찾겠다는 생각마저 희미해지고 있었다. 이렇게 세월을 보내노라면 하늘문이 닫힐 것이고, 이 낯선 땅에서 죽을 것이다. 옥황상제님의 하늘세상에서는 죽음이 존재하지 않았다. 그러나 아무리 상제님의 명을 받들어 떠난 몸일지언정 인간의 세상에 내려온 이상 죽음에서 벗어날 수 없었다. 하늘문이 닫히는 날이 곧 자신이 죽는 날임을 팔목수라는 잘 알고 있었다. 분노에 차 강을 건너고 산을 건너던 날들을 생각했다. 뜨거운 햇볕과 지긋지긋한 봄바람에 몸서리치며 하루하루 견뎌온 것이 얼마인가. 모든 것은 먼 옛날의 기억이 됐고, 눈을 감고도 분별할 수있을 만큼 뚜렷하던 계집의 얼굴은 희미해졌다. 그는 이대로 죽어 먼지처럼 흩어지고 말 제 운명을 생각했다. 소화를 훔쳐 달아난 계집을 찾을 수 없다면 차라리 이대로 죽어 흔적 없이 사라지는 편이 낫다는 생각도 했다.

팔목수라는 천천히 걸었다. 도둑년을 찾겠다는 결의는 이제 없었다. 그렇다고 주저앉아 신세를 한탄하거나 멈출 수는 없었다. 계집을 찾아 인간세상으로 내려온 것은 자신이 자청한 일이었다. 천마 탄 상제의 추격병들이 하늘문을 나서려 할 때 스스로 옥황상제님 앞으로 나아가 임무를 맡겨달라고 간청했다. 자신이 지키던 정원이었다. 자신의 정원에서 생긴 불미스러운 일을 자신이 매듭짓고 싶었다. 그러나 이제는 무릎 꿇고 앉아 추격을 자청하던 그 옛날 자신의 모습도 아련하게 멀어지고 있었다.

팔목수라는 하늘문이 닫히고 제 몸뚱이가 먼지로 흩어지는 날까지 그저 걸어다니는 것으로 제 소임을 마칠 작정이었다. 어느 곳에서도 계집의 흔적을 찾을 수 없었고, 더 이상 희망이나 미련 따위도 없었다. 고개를 숙이고 터벅터벅 걷던 그는 낯익은 냄새를 맡았다. 더운 여름밤이었고 낯익은 향기는 소화였다. 하도 희미해서 하마터면 지나칠 뻔한 향기였다. 여늬의 집 뒤뜰에 오직 한 그루 남은 소화나무가 꽃을 피워 팔목수라를 인도했다. 팔목수라는 비척거리는 걸음으로 붉고 커다란 꽃을 향해 천천히

능소화

다가갔다. 틀림없이 하늘정원에서 잃어버린 소화꽃이지만 이번에도 별 기대는 하지 않았다.

응태와 여늬는 여느 때와 다름없이 밤늦도록 함께 책을 읽고 잠자리에 들었다. 서로의 몸을 희롱하고, 어제와 오늘과 내일을 이야기했다. 사랑을 확인하기에 밤은 충분히 길었고, 해와 달은 얼마든지 남아 있었다. 남편의 팔을 베개 삼아 괴고 누운 여늬는 희미한 미소를 지었다. 핏발 선 눈으로 여늬의 불행을 확언하던 떠돌이 중은 어디서 무엇을 하고 있을까. 보나마나 겁 많고 무지몽매한 농가를 찾아다니며 불운을 늘어놓고 있을 테지. 있지도 않을 불운을 만들어내고, 그 불운을 달랜다는 핑계로 바랑 가득 쌀과 보리쌀을 얻어내겠지. 겁에 질린 산골 아낙은 남편이 수십 리 떨어진 시장에서 사 온 미역과 고등어까지 아낌없이 내어놓을 테지. 제발이지 스님이 부처님 전에 잘 말씀드려 불운이 우리 집을 기웃거리지 않게 해달라고 빌어대겠지. 두 손을 모아비는 산골 아낙을 뒤로하고 돌중은 무거워진 바랑을 만지작거리며 키들키들 웃어대겠지. 나름대로 학식이 높은 아버지조차 돌중의 악의에 찬 한마디에 사색이 되지 않았던가. 불운을 전하는 말은 얼마나 위력적인가. 사람은 지금 발등에 떨어진 불행보다 다가올 불행에 더 겁을 먹는 법이다. 닥쳐올 불운 앞에 사람들은 쌀 내고 보리 내고, 미역 내고 고등어 내고, 어리석은 산골 아낙이라면 속속곳 끈인들 풀지 않을까. 여늬는 다행과 행복이 가득한 미소를 머금은 채 잠들었다.

　남편과 함께 떠나는 사냥길은 흥겨웠다. 응태는 말을 타고 가는 내내 토끼와 사슴과 까투리를 어떻게 잡고 어떻게 요리하는지, 명나라 사람들의 요리법은 어떤지, 옛 몽골 사람들은 들쥐를 어떻게 말리고 보관했는지 이야기했다. 몽골 사람들이 들쥐를 잡고 보관하는 방법은 역겨웠고 명나라 사람들이 오리를 살찌우고 잡는 방법은 잔혹했다. 산자락에 도착하자 말에서 내려 걸었다. 남편은 말들이 느긋하게 배를 채울 수 있도록 고삐 줄을 넉넉하게 풀어낸 다음 풀 몇 포기를 휘어잡아 줄 맸다. 풀 몇 포기 정도는 뿌리째 뽑고도 남을 힘이 있지만 줄이 당겨지면 더 이상 말은 뻗대지 않는다고 했다. 힘이 없던 망아지 때부터 그렇게 훈련된 말은 커서 힘이 세진 다음에도 어린아이가 당기든 풀뿌리 몇 포기가 당기든 더 이상 뻗대지 않고 고분고분해진다고 했

119

능소화

다. 남편은 훈련과 습관은 힘센 말을 다스리고도 남을 만큼 무서운 것이라고 무인다운 말도 했다.

새들의 노래는 정다웠고 울긋불긋한 꽃들이 다투어 부부를 반겼다. 나뭇가지를 가르며 산자락으로 달려온 바람은 시원했다. 남편은 산자락 아래를 휘감고 흐르는 실개천에서 등을 내밀었다. 아무도 보는 사람이 없었고, 누가 본들 흉 될 일도 아니었다. 남편의 등은 넓고 단단했다. 응태는 아내를 업고 좁은 실개천을 느릿느릿 건넜다.

시원한 바람이 불었고 나무들이 하늘하늘 흔들렸다. 흔들리는 나무 사이로 햇볕은 갈라지고 흩어지며 눈으로 쏟아졌다. 응태는 돌아오는 길에 살펴보자며 짐승이 다니는 길에 올무를 쳤다. 가느다란 찔레나무를 휘어 만든 올무는 감쪽같았다. 남편이 올무를 만드느라 허리를 굽혔을 때 여느는 무엇인가 산 위에서 움직이는 것을 보았다. 순식간에 나타난 그것은 이내 보이지 않았다. 큰 짐승이라도 나타난 것일까? 왠지 무서운 생각이 들어 말을 묶어둔 산자락 아래를 보았다. 멀지 않았지만 숲에 가려져 풀 뜯는 말들은 보이지 않았다. 다시 눈을 남편 쪽으로 돌렸을 때 탐스럽게 피어 있는 소화가 눈에 들어왔다. 친정집 담 아래에 한창이던 소화는 혼례 후 시아버지의 권유로 베어버렸다. 겨우 뒤뜰에 한 그루 남아 있는 게 고작이었다. 산에서 뜻하지 않게 무성하게 핀 소화를 보고 여늬는 반가웠다.

'어머 산에도 소화가 있네. 어쩜 이렇게 예쁠까?'

이상하게도 여늬의 말은 목소리가 되어 밖으로 나오지 않았다. 산에서도 크고 붉은 소화꽃을 만나니 반가웠다. 반가운 마음에 소화 꽃송이에 가만히 손을 대어보았다. 그때 남편이 거친 손으로 여늬의 손을 밀쳤다. 무서운 얼굴이었다.

'소화는 만지는 게 아니오. 그냥 두고 보는 꽃이요. 꽃송이에는 눈을 멀게 하는 독이 있단 말이오.'

남편의 목소리가 들리지 않았지만 여늬는 남편의 말을 들었다. 웅태는 올무가 짐승들 눈에 띄지 않도록 낙엽을 덮어 갈무리했다. 치밀하고 정교한 올무였다. 음흉한 낙엽은 악의 없이 이 길을 지날 짐승의 목숨을 노리는 올무를 품은 채 능청스러웠다.

'소화 꽃송이에는 눈을 멀게 하는 독이 있어.'

바로 곁에서 들리는 소리였다. 그것이 남편의 목소리인지 다른 사람의 소리인지 분간되지 않았다.

'소화꽃을 만진 자는 제 눈을 도려서 내 앞에 내놓아야 해!'

섬뜩한 목소리였다. 주위에는 아무도 없었다. 남편 웅태는 아무 말도 하지 않았다. 웅태는 흙 묻은 손을 탁탁 털며 일어섰다.

121

'내 소화를 훔쳤으니 네 목숨을 내놓아야 해!'

섬뜩하고 기괴한 목소리가 징징징 여음을 남기며 오래 이어
졌다. 나중에는 그것이 남자의 목소리인지 여자의 목소리인지도
알 수 없었다. 앞서 걷기 시작한 응태가 숨 가쁘게 한참을 걸었
지만 제자리에 서 있었다. 여늬도 한참을 걸었지만 여전히 올무
를 놓은 자리, 소화가 핀 자리에 서 있었다. 어디선가 여자들의
노랫소리가 들렸다. 아득히 멀리서 들려오는 소리였지만 또렷했
다. 노래의 가락은 무서웠고, 그 이야기는 우울했다.

> 아름다운 소화, 소화꽃에는 독이 있다네.
> 아름다운 아내, 아내에게는 독이 있다네.
> 아름다운 소화, 소화를 만지지 않아야 했다네.
> 아름다운 아내, 아내를 만나지 않아야 했다네.

불행은 사람을 기다리게 하지 않는다. 문득 목소리가 사라
지더니 역겨운 냄새가 사방에 퍼졌다. 빗방울이 후드득 듣기 시
작할 때 땅에서 피어오르는 흙먼지 냄새, 땀 냄새, 반쯤 썩은 생
선의 역겹고 비릿한 냄새, 꾸득꾸득한 시체가 진물을 흘리며 썩
어가는 냄새가 뒤섞인 냄새였다. 이 역한 냄새들은 공기 중에 흩

어져 흐르는 것이 아니라 온몸에, 소금물 저미듯 스며들었다. 여느는 고개를 주억거렸다. 이 역한 냄새, 이 혼란스럽고 역한 기운은 어디선가 맡아본 낯익은 냄새였다. 어떤 장면이나 기억도 없었지만 팔목수라의 몸에서 뿜어 나오는 냄새는 여느를 아득한 옛날로 이끌었다. 먼 옛날 여느의 몸에 저며든 이 냄새가 불현듯 대가리를 치켜든 것이다. 그러나 그 냄새를 어디서 맡았는지, 무엇의 냄새인지 분간할 수 없었다. 너무 오래된 일이었다.

이윽고 시커먼 얼굴에 붉은 눈이 넷, 이마에 뿔이 하나 달린 괴물이 두 사람 앞에 나타났다. 사자의 갈기처럼 무성한 수염이 흩날리고 있었다. 사람도 아니었고, 짐승도 아니었고, 도깨비도 아니었다. 얼굴이 사람의 몸통만 했고 키는 구 척이 넘어 보였다. 사람도 짐승도 도깨비도 아닌 괴물이 사람 말을 했다. 그 목소리는 사람의 목소리가 아니었다. 사냥꾼이 파놓은 깊은 덫에 빠진 호랑이 소리 같기도 했고 창에 폐부를 깊이 찔린 늑대의 고통스러운 신음소리 같기도 했다. 목소리에는 높낮이가 없었다. 차갑고 흐린 날 연기처럼 아래로 아래로 가라앉는 소리였다. 붉은 눈은 뱀처럼 차가웠다. 손을 대거나 부딪히지 않았지만 그 눈을 바라보는 것으로도 몸뚱이가 시리고 저려왔다. 괴물은 차갑고 낮은 목소리로 으르렁댔다.

능소화

"네가 깊은 산에 숨으면 내가 못 찾을 성싶었더냐? 바다 건너 먼 섬에 숨으면 못 찾을 성싶었더냐? 발자국을 남기지 않았다고 내가 못 찾아올 성싶었더냐? 네가 부적 가면을 쓴다고 내가 몰라볼 줄 알았더냐? 열 자 물 아래 엎드리면 모르고 지나칠 성싶었더냐? 음나무의 굵은 가시방책을 치면 내가 못 건너올 성싶었더냐? 네가 부처 뒤에 숨으면 내가 두려워 물러설 줄 알았더냐? 손에 밧줄 없다고 내가 너를 못 묶을까? 굵은 빗장 없다고 너를 못 가둘까?"

괴물은 천천히 다가왔다. 느릿느릿한 말과 함께 입에서는 파란 연기가 흐물흐물 흘러나와 가뭇없이 흩어지고 있었다.

"네놈은 누구냐? 도대체 무엇이냐? 정체를 밝히고 썩 물러서라!"

응태가 두 팔에 잔뜩 힘을 주고 소리쳤다. 딱딱하게 굳은 목소리가 바르르 떨렸다. 괴물은 그제야 응태의 존재를 알아차리기라도 한 듯 시선을 응태에게 돌렸다.

"네놈에게 부귀와 공명이 없을까? 네놈이 천수를 누리지 못할까? 네놈에게 어여쁜 처자가 없을까? 네놈 가문에 부처의 음덕이 없을까? 여자를 내놓아라. 네 여자가 아니다. 원래 이 땅의 사람이 아니고, 네 것이 아니다."

"썩 물러서라, 이놈!"

웅태가 얼른 활을 뽑아 시위를 당겼다. 화살은 팽 소리와 함께 사라지고 없었다. 괴물은 화살을 피하지도 맞지도 않았다. 괴물은 놀라거나 분노하지 않았다. 괴물은 다만 천천히 다가서고 있었다.

"종니란 놈이 천지를 모르고 훼방을 놓더니 이제 감히 네놈이 이 팔목수라님을 방해할 참이냐? 네놈이 감히 옥황상제의 명을 받드는 나를 막을 참이냐? 종니란 놈이 피 토하며 후회한 것을 네놈이 모른단 말이냐? 여자를 내놓고 네놈은 물러가라. 네놈에게는 열이고 스물이고 네놈이 원하는 만큼 여자를 줄 것이다. 네놈이 원하는 집과 땅과 벼슬을 줄 것이다. 너는 해야 할 일이 많다. 부귀와 명예가 너에게 있을 것이다."

"썩 물러가라! 물러가지 않으면 당장 네놈의 목을 베리라!"

웅태가 등뒤에 매달아둔 긴 칼을 뽑아 베기 자세를 잡았다. 팔목수라의 호흡이 거칠어졌고, 입과 콧구멍으로 푸른 연기가 짙게 뿜어져 나왔다. 괴물은 솥뚜껑처럼 검고 큰 손을 뻗어 여늬의 목을 잡으려 했다. 웅태가 칼을 들어 팔목수라의 팔을 내리쳤다. 어림없었다. 웅태의 칼은 팔목수라의 팔을 자르기는커녕 파고들지도 못했다. 팔목수라의 두껍고 딱딱한 팔뚝에 부딪힌 칼은 둔탁한 소리와 함께 부러지고 말았다. 응태는 칼을 버리고 여늬의 손목을 잡아채듯 끌고 산 아래로 달렸다.

땅 위로 튀어나온 소나무 뿌리가 발목을 걸어챘고, 칼날처럼 날카로운 가시가 팔을 찔렀다. 응태와 여늬는 쉬지 않았다. 목까지 차 오른 숨이 목줄을 조이자 여늬는 주저앉고 말았다. 응태가 여늬를 들쳐업고 달렸다. 얼마나 달렸는지 알 수 없었다. 응태의 이마에서 땀이 비 오듯 흘렀다. 마침내 팔목수라는 사라졌다. 더 이상 쫓아오는 소리도, 음산한 목소리도, 차가운 기운도 느껴지지 않았다. 그때 문득 아이 우는 소리가 들렸다. 아들 원이의 목소리였다. 정신없이 달리던 응태는 걸음을 멈추고 뒤를 돌아보았다. 팔목수라가 바로 눈앞에 서 있었다. 팔목수라는 표정 없는 얼굴로 두 사람을 노려보았다. 응태가 여늬를 내려놓고 잡히는 대로 큰 돌을 들고 팔목수라에게 달려들었다. 큰 돌에 얼굴을 맞았지만 팔목수라는 꿈쩍도 하지 않았다.

응태가 여늬의 손목을 끌었지만 여늬는 더 이상 달릴 힘이 없었다. 일어설 힘조차 남아 있지 않았다. 팔목수라가 철퇴를 돌리며 천천히 다가왔다.

"서방님, 달아나세요. 어서 달아나세요. 저 같은 사람은 어찌 되어도 상관없어요. 이미 죽었어야 할 몸이에요. 어서 몸을

126

피하세요."

응태가 여늬를 들쳐업으려는 순간 팔목수라의 철퇴가 허공을 갈랐다. 응태는 피투성이가 되어 나뒹굴었다. 여늬는 '아아악!' 비명을 질렀다.

여늬는 벌떡 일어나 앉았다. 사위는 어둡고 고요했다. 요는 젖어서 눅눅했고, 등에서는 땀이 비처럼 흘렀다.

"나쁜 꿈이라도 꾸었소?"

응태가 잠이 덜 깬 눈으로 여늬의 등을 토닥토닥 두들겼다. 문밖에서 여늬의 어머니가 무슨 일이냐고 물었다. 걱정이 가득한 목소리였다.

이튿날 응태는 동이 트기도 전에 사냥을 나섰다. 처조카들과 멀리 안동 근처로 사냥을 나가기로 되어 있었다. 아직 해가 솟지 않은 길에는 안개가 자욱했고, 나무도 풀도 아직 깨지 않은 이른 시각이었다. 여늬는 감히 간밤의 꿈 이야기를 꺼내지 못하고 안절부절못했다. 친정아버지는 오늘은 어떤 짐승을 잡을 것이냐며 응태의 사냥 준비를 거들었다. 남편 응태는 온 동네 잔치를 하고도 남을 큰 멧돼지를 잡아오겠노라고 했다. 며칠 전부터 정해둔 사냥이었다. 여늬는 께름칙한 마음에 몇 번이나 말리고 싶었지만 어쩌지 못했다. 그저 공연한 걱정이 쌓여 나쁜 꿈을 꾸었을 뿐이었다. 자꾸 불안한 마음을 드러내 남편의 마음을 불편하게 하고 싶지 않았다. 게다가 조카들은 응태와 떠날 사냥을 며칠 전부터 별러왔고 기대에 부풀어 있었다. 사냥이라면 천하에 따를 자가 없어 보일 만큼 응태는 사냥에 능했다. 여늬는 두려운 마음으로 남편과 조카들의 뒷모습을 바라보았다.

남편이 사냥을 떠나고 해가 중천에 떴지만 불안한 마음은 가시지 않았다. 팔목수라의 몸에서 풍기던 냄새는 어딘지 모르게 익숙한 냄새였다. 이 세상의 냄새가 아니었는데 어디서 그런 흉측한 냄새를 맡았을까. 아무리 생각해도 어째서 그 낯선 냄새가 그처럼 자기에게 익숙한지 알 수 없었다. 여늬는 국수를 말아도, 만두소를 빚어도 이전처럼 즐겁지 않았다. 친정어머니가 무슨 일이냐고 몇 번이나 물었지만 여늬는 그저 보일 듯 말 듯한 미소로 답했다. 여늬의 눈이 자주 사립문을 쳐다보았다. 사위가 잡아올 사냥감을 기다리는 여늬의 아버지는 평소와 다름없이 "오늘 해는 어째서 이리도 긴가" 하며 고샅을 오고갔다. 사위가 사냥을 나간 날이면 유독 하루가 지루하다며 고샅을 오고가는 그녀였다.

응태는 여느 때보다 일찍 돌아왔다. 저녁 짓느라 솔가지 타는 연기가 막 피어오르던 해거름이었다. 응태는 다른 날과 달리 활기차게 웃지 않았다. 장인이 반갑게 달려나갔지만 큰 목소리로 잡아온 사냥감을 자랑하지도 않았다. 응태는 달려온 장인께 허리를 숙여 인사하고 토끼 두 마리를 헛간에 던져놓았을 뿐 가죽을 벗기려 들지도 않았다. 그리고 방으로 들어가 누웠다. 가슴이 덜컥 내려앉은 여늬가 여우 가죽 털로 지은 남편의 웃옷을 벗겨내며 무슨 일이냐고 여러 번 물었지만 대꾸하지 않았다. 응태는 몹시 피로했고 어지러웠다. 아마 무리를 한 모양이라고 생각했다. 그는 푹 자고 일어나면 괜찮아질 것이라고 맥 빠진 목소리를 뱉고 깊은 잠에 빠졌다.

이튿날 아침 응태는 일어나지 못했다. 함께 사냥을 나간 응태의 처조카들은 날이 밝기 무섭게 논밭으로 나갔다. 응태는 그다음 날도, 그다음 날도 일어나지 못했다. 여늬의 아버지가 그들을 불러 물었지만 아무 일도 없었다고 했다. 여늬의 아버지가 거듭거듭 그들을 집으로 불러 캐물었지만 도무지 영문을 모르겠다는 대답뿐이었다.

129

부지깽이도 뛴다는 가을걷이가 시작됐을 때도, 가을걷이를 끝낸 동네 사람들이 둘러앉아 서로 노고를 치하하며 탁주를 마실 때도 응태는 일어나지 못했다. 응태가 장가든 후로 사시사철 시끌벅적하던 집 안팎은 낙엽이 쓸고 갈 뿐 고요했다. 촌부들은 마을 사랑방에 둘러앉아 한가로운 겨울날들을 준비하고 있었다. 겨울은 논도 밭도, 사람도 짐승도 고요해지는 계절이었다. 겨울이 오면 세상은 어디나 고요해졌지만 응태가 자리에 눕기 전 이 집의 겨울은 고요하지 않았다. 겨울이면 응태는 설피 신고 산과 들을 뛰어다니며 사냥했고, 사냥을 나서지 않는 날엔 볏짚으로 넓적한 가마니를 짜고 종다래끼를 짰다. 별채에 여늬와 나란히 앉아 새끼줄 삼고 짚신 짜느라 밤 깊어가는 줄 몰랐다. 그러나 이 겨울 별채에는 불이 켜지지 않았다. 별채에 마주 앉아 이야기를 나누어야 할 시간에 여늬는 얼음처럼 찬 물에 수건을 적셔 응태의 이마에 얹었다.

　　"겨울마다 우리는 얼마나 많은 이야기를 나누었는지요? 그 이야기들을 저는 하나도 빠뜨리지 않고 기억합니다. 당신이 저를 어떻게 생각하시고 어떻게 대하셨는지요? 저는 당신을 어떻게 생각하고 어떻게 대했는지요? 가마니 하나를 다 짜고 방문을 열었을 때 밖에는 눈이 소복하게 쌓여 있더이다. 우리는 이야기를 나누느라 검은 세상이 하얀 세상으로 바뀌는 줄도 몰랐습니다. 평생 농사를 모르던 당신이 농가의 일을 농가 사람보다 철저히 했습니다. 겨울날에 새끼 꼬고 가마니 짜는 부지런한 남정네들은 많지만 그 옆에 화로를 두고 제 처를 앉혀둘 줄 아는 사람은 당신뿐일 것입니다. 당신이 꼬아낸 새끼줄을 하나하나 들어 얼마나 꼼꼼한지 살피던 때가 그립습니다. 내년 겨울 별채 방에서 당신과 마주 앉아 새끼줄 짜는 날이 올까요. 당신은 어째서 일어나지 못하시는지요. 오늘 다녀간 의원도 고개를 흔들었습니다. 아버지는 사립문을 나서는 의원을 향해 공연히 성을 냈습니다. 세상이 온통 하얀 눈으로 덮인 겨울이 왔습니다. 설피 신고 산으로 뛰어다니셔야 할 당신은 어째서 누워만 계시는지요."

고요한 밤 여늬는 지난날을 속삭였지만 응태는 듣지 못했다. 남편은 간간이 정신을 차리고 일어나 앉았지만 반각을 지나지 않아 또 자리에 눕기 일쑤였다. 그나마 미음을 삼키는 것이 응태가 할 수 있는 일의 전부였다. 아들 원이가 잠자리에 들기 전에 방으로 들어와 아버지와 어머니께 인사를 했다. 응태는 여전히 듣지 못했다. 어쩌다 정신을 차린 날이면 초점 없는 흐릿한 눈으로 아들을 바라보며 희미한 미소를 지을 뿐 다감한 말 한마디 건네지 못했다.

131

여늬는 하루도 일찍 잠자리에 들거나 누워서 편히 자지 않았다. 여늬는 남편 옆에 앉아 수를 놓거나 함께 만든 옛이야기를 쉬지 않고 풀어놓았다. 남편이 정신이 돌아오는 순간이라면 어느 때라도 옆에서 대답하고 싶었다.

"호랑이 잡으려고 당신이 만든 벼락틀이 곳간 처마 아래 그대로 놓여 있습니다. 여름에 당신이 잡은 것은 이리였지요. 호랑이는 한번도 걸려들지 않았습니다. 일월산에는 호랑이가 많지 않으니까요. 게다가 영물이라 좀처럼 산 아래까지 내려오는 법도 없습니다. 그 무거운 벼락틀을 지고 당신이 산 깊은 곳까지 들어갈 수도 없었고요. 겨울이 오면 배고픈 호랑이가 산자락까지 내려올 것이라고 하셨지요? 올 겨울에는 집채만 한 호랑이 한 마리 잡겠다고 하셨지요? 겨울이 왔지만 당신은 자리에서 일어나지 못합니다. 이 겨울이 가기 전에 당신 손으로 잡은 호랑이 가죽으로 좋은 옷 한 벌 지을 수 있다면 죽어도 여한이 없겠습니다. 이웃집 사랑에서 마을 어른들과 둘러앉은 아버지의 말머리는 언제나 '우리 사위가 말일세', '우리 사위 말인데'였습니다. 동네 어른들이 농으로 '저기 우리 사위 간다' 하며 아버지를 놀리는 소리를 당신도 들어서 아실 것입니다. 아버지는 요즘 이웃집 나들이를 하지 않으십니다. 언제 다시 아버지가 호기롭게 '우리 사위가 말일세'라고 이야기를 꺼낼까요. 아버지는 오늘 낮에도 벼락틀에 수북이 쌓인 눈을 빗자루로 쓸어 내렸습니다. 쌓인 눈이 꽁꽁 얼기라도 하면 낭패니까요."

밤은 깊어갔고, 소복하게 쌓이는 눈은 세상의 소리를 모두 삼키고 있었다. 새소리, 벌레소리마저 잠든 눈 내리는 겨울밤은 적막했고 불길한 바람소리가 창호지문을 뚫고 들어왔다가 떠났다.

약탕기 덮은 한지 위로 수증기가 구름처럼 흩어졌다. 여늬는 약탕기 앞에 꿇어앉아 가뭇없이 흩어지는 수증기처럼 남편의 병이 흩어져 사라지기를 빌었다. 며칠 전 여늬의 아버지가 안동장으로 사람을 보내 부탁한 질그릇 약탕기가 도착했다. 좀처럼 성낼 줄 모르는 여늬의 아버지는 심부름꾼에게 왜 이렇게 늦었느냐며 한바탕 꾸짖고 약탕기를 받았다. 영문을 모르는 심부름꾼은 별 희한한 영감쟁이를 다 보겠다는 얼굴로 받은 돈을 확인하고 돌아섰다.

"약탕기를 바꾸면 약효도 달라질 것이야."

여늬의 아버지는 약탕기와 약재를 바꾸고 달이는 숯도 바꿨다. 의원이 별 차이가 없다고 여러 번 말했지만 듣지 않았다. 약탕 달이는 정지(부엌)에 매캐한 연기가 가득했지만 정지문을 열지 못하도록 했다. 마당에서 뛰어다니며 노는 원이를 집 밖으로

133

내몬 사람도 여늬의 아버지였다. 그는 행여 바람이 일어 불이 흔들릴 것을 경계했다.

"머리카락처럼 가는 바람이라도 일어나서는 안 되는 법이다. 약은 정성이다. 정성으로 달이면 약효가 달라지는 법이다. 사람 몸에 찾아온 병이니 사람 손으로 몰아낼 수 있지 않겠느냐? 사람이 할 수 있는 것은 다 해야 한다."

여늬의 아버지는 사방팔방으로 사람을 보내 의원을 찾고 약을 찾았다. 그의 부름에 사방 백 리 안에 유명하다는 의원들이 날마다 뜸쑥과 부항단지를 들고 오고갔다. 그러나 호기롭게 집 안으로 들어선 의원들은 하나같이 핏기 없는 얼굴이 되어 떠났다. 방도를 모르는 의원들은 멍든 곳도 어혈도 없는 몸에 애꿎은 부항단지만 붙이고 떼기를 거듭했다. 의원들은 어디 경락에 무슨 병이 숨었는지 말하지 않았다. 그들은 난생 처음 보는 증세 앞에 종일 뜸쑥만 붙이고 뗄 뿐이었다. 벌건 불이 마른 쑥을 태우고 살갗을 태웠지만 웅태는 신음소리를 토하지 않았다. 뜸쑥의 크기가 날마다 커지고 살갗 태우는 노린내가 갈수록 짙어졌지만 웅태의 몸에는 차도가 없었다.

웅태는 정신을 잃고 차리기를 거듭했다. 그가 속한 세상에서 아득히 멀어지던 순간에도, 다시 그가 속한 세상으로 한발 다가설 때도 몸뚱이를 부수고 말 것 같은 고통이 따랐다. 몸은 불덩어리처럼 달아오르고 식기를 반복했다. 불덩이가 왔다가 떠날 때마다 그는 고통에 몸서리를 쳤다. 혈관은 이미 마르고 쪼그라들어 설령 팔을 자른다고 해도 피 한 방울 나오지 않을 것 같았다. 아내 여늬의 간절한 소망과 팔목수라가 당기는 무시무시한 힘 사이에서 응태는 가랑잎처럼 휘둘렸다. 그는 의원의 어떤 처방으로도, 밤잠을 잊은 여늬의 정성으로도 팔목수라를 이길 수 없음을 알았다. 그러나 응태는 체념하거나 절망하지 않았다. 결코 이길 수 없으니 네 뜻에 따르마 하고 고개를 떨구지 않았다. 응태는 죽음이 두렵지 않았다. 그가 진정 두려운 것은 죽음이 아니라 이별이었다. 아직 세상을 모르는 아내와 걸음마를 시작한 지 얼마 안 되는 아이를 두고 떠날 수는 없었다. 아내의 뱃속에는 그가 아직 만나본 적도 없는 아이가 자라고 있었다. 그는 이 모든 사람들을 두고 제 고통에 못 이겨 길을 떠날 수는 없다고 생각했다.

마지막 뜸을 뜨고 부항단지를 붙인 의원은 먹구름 낀 얼굴로 말했다.

"의원이 할 수 있는 일은 다 했습니다. 이제 남은 것은 하늘의 뜻입니다."

의원은 모양이 어여쁜 상자에 부항단지와 작은 약상자를 가지런히 담고 뚜껑을 닫았다. 그는 긴 한숨을 지었다. 점잖기로 소문난 홍 생원은 돌아서는 의원을 향해 거친 욕을 숨기지 않았다. 돼먹지 못한 돌팔이들이 사람만 잡는다. 이깟 병도 치료하지 못하는 놈들이 무슨 약통이며 침통을 들고 의원 행세를 한다는 말이냐. 에이! 천하에 무식한 돌팔이들.

여늬는 방에 앉아 꼼짝하지 않았다.

"의원은 떠났지만 '지성이면 감천'이라는 말은 남았습니다. 의원은 제 할 일을 끝내고 떠났지만 저의 일은 끝나지 않았습니다. 아무리 용한 의원이라도 처방에는 끝이 있겠지요. 그러나 제 정성에는 끝이 없습니다. 그러니 부디 힘들고 지친 당신 '이쯤에서 끝내자'고 말씀하시지 마세요. 오늘도 당신은 제가 하는 말을 듣지 못했습니다. 원이가 무릎걸음으로 다가와 당신 소매를 당겼지만 당신은 알지 못했습니다. 제발 매달리고 부탁합니다. 아직은 끝나지 않았습니다. 의원은 제 일을 끝냈지만 우리는 해야 할 일이 아직도 많이 남았습니다. 제발 정신을 놓지 마시고, 기운을 차리세요."

밤이 이슥해지고 세상이 모두 잠들었지만 여늬는 잠들지 않았다. 아버지의 소매를 당기며 칭얼대던 원이는 잠이 들었고 친정어머니가 아이를 안고 건너갔다. 고요한 밤, 눅눅하고 찬 기운과 함께 역겹고 익숙한 냄새가 방으로 스며들었다. 여늬는 놀라지 않았고, 일어나는 대신 꼼짝도 않고 앉아 있었다.

팔목수라는 말했다.

"네가 나를 거역했기 때문이다. 나는 네 남편에게 방도를 주었다. 네 남편은 무례하게 내 앞을 가로막았지. 세상에 이기지 못할 슬픔은 없다. 잊히지 않을 기억이란 없다. 사그라지지 않을 추억이나 고통은 없다. 인간이 가진 것들 중에 사라지지 않는 것은 없다. 그러니 이제 너는 빌기를 그만두어라."

여늬는 이대로 남편을 보낼 수 없다며 울었다.

팔목수라는 킬킬거리며 웃었다. 끈적끈적한 침이 길게 늘어졌다. 킬킬대던 팔목수라는 문득 여늬를 노려보았다.

"아득한 옛날 너는 나의 정원에서 소화를 훔쳐 달아났다. 너는 높은 산을 건너고 깊은 물을 건너 자작나무 숲을 따라 도망쳤다. 햇볕이 들지 않는 땅바닥엔 이끼가 푸르렀다. 나는 큰 바람이 불고, 어둡고 비 내리던 날도 쉬지 않고 너를 쫓았다. 어둠이 내리고 새들이 제 둥지로 날아들 때 나는 그 밑을 울면서 걸었다. 껍데기 허옇게 벗겨지는 자작나무 숲을 나는 맨발로 걸었다. 갈대숲을 지나고 큰 강을 건넌 후에도 나는 쉬지 않았다. 세월이 참 많이도 흘렀다. 돌로 쌓은 비석이 무너지고, 금은보화가 흙이 되고, 발등을 차던 돌이 땅속으로 사라졌다. 그 긴 세월을 나는 쉬지 않고 걸었다. 너는 윤기 나고 매끄러운 밥알을 삼켰겠지. 너는 시원한 우물물을 마시고 흰 이를 드러내며 웃었겠지. 너는 깊은 산에 숨으면 내가 찾지 못할 줄 알았겠지. 너는 정겨운 사람과 더불어 영원할 줄 알았겠지."

여늬는 팔목수라의 말을 알아들을 수 없었다. 팔목수라가 어찌 나를 안다는 말인가. 팔목수라가 어째서 바람불고 비 내리는 날 쉬지 않고 나를 쫓아왔다는 말인가. 여늬는 그저 살려달라고 남편을 데려가지 말라고 빌었다.

"해와 달이 때맞추어 오고가고, 별들은 저마다 제 길이 있어 일 년 삼백육십오 일 제 길을 도는 법이다. 옥황상제님께서 너희에게 착한 임금 요순을 내리어 하늘의 뜻을 알게 했고, 하늘의 뜻에 따라 너희가 역법을 만들어 봄과 여름, 가을과 겨울, 덥고 추운 날과 비 내리고 눈 내리는 날을 알 수 있게 했고, 이에 맞춰 살 수 있게 하셨다. 그리하여 하나라 오백년 인월寅月(음력 정월의 다른 이름)로 새해를 삼고, 주나라 팔백년 자월子月(동짓달의 다른 이름)로 정월을 삼은 것이다. 지금 너희가 의지해 사는 역법과 살찐 땅과 부드러운 바람, 넘치는 냇물과 그 속에서 헤엄치는 물고기는 하늘의 행하심이시다. 그것이 옥황상제님의 뜻이고 제자리다. 모든 것은 제자리에 있어야 하는 법이다. 소화는 하늘에 있어야 할 꽃이다. 그런데 너는 하늘의 법을 어기고, 하늘정원에서 하늘꽃, 소화를 훔쳤다. 네가 어찌 감히 소원霄園(하늘정원)의 꽃을 훔쳐 도망칠 생각을 했더냐? 무겁고 단단한 철퇴를 어깨에 얹고 굳센 두 다리로 버티고 선 내가 두렵지 않더냐? 만 리 어두움 저편까지 훤히 볼 수 있는 내 눈을 어찌 피할 생각을 했더냐?"

"저는 모르는 일이옵니다. 저희 부부는 아무런 죄가 없습니다. 부처님을 섬기고 조상님을 섬기며 정겨운 이웃과 더불어 살며, 자식을 낳아 하늘을 어기지 않도록 키우고 있나이다. 팔목수라님이시여, 당신은 어째서 저희 부부에게 이 같은 고통을 남기려 하십니까?"

크아하하하, 크아하하하. 팔목수라는 하늘로 고개를 치켜들고 웃었다. 기가 막힌다는 얼굴이었다. 이윽고 팔목수라의 음산한 목소리가 안개처럼 무겁게 깔렸다.

"모르는 일이라고? 아무것도 모른다고? 그래……. 그러고 보니 그럴 것이다. 네가 이미 인간으로 태어난 것을 내가 잠시 잊었구나. 네 말이 옳구나. 인간이니 기억할 수 없는 것은 당연하다. 인간은 태어남과 죽음 사이에서 모든 기억을 잃는다. 그것이 인간의 행이며 또한 불행이다. 그러니 너무 서러워 마라. 너는 죽어야 할 운명을 타고난 인간이며 죽음과 함께 네 남편을 잊을 것이다. 인간이 잊지 못할 슬픔은 없다. 인간이 견디지 못할 아픔은 없다. 인간이 받아들이지 못할 운명은 없다. 인간은 죽음과 함께 모든 것을 잊고 잃는다. 그러니 미련도 슬픔도 가질 것이 없다."

팔목수라는 끈적끈적한 침을 길게 흘렸다. 바람 한 점 없었지만 그의 몸에서는 죽은 자의 냄새가 강하게 풍겼다. 웃는 듯한 얼굴은 고통에 일그러지고 있었다. 팔목수라의 쇠처럼 날카로운 눈빛이 여늬를 퉁겨내듯 노려보았다.

"상제님께서 내게 주신 시간이 되었다. 너는 내가 지키는 정원에서 나의 소화를 훔쳤다. 붉고 큰 꽃이지. 인간 세상에 원래 소화는 없었다. 나는 소화를 지키라는 옥황상제님의 명령을 받아 밤에 잠들지 않았고, 낮에도 게으름을 부리지 않았다. 그런데 네가 그 꽃을 훔쳐 도망쳤다. 소화의 그 붉고 큰 꽃에 독이 있음을 너는 몰랐을 것이다. 소화를 가까이하는 인간은 머리가 상하거나 눈을 잃는다. 인간들은 소화의 아름다움을 알지만 소화의 독을 모른다."

"팔목수라님이시여, 세상의 소화를 모두 돌려드리겠습니다.

소화를 모두 가져가시고, 제 남편을 남겨주십시오. 팔목수라님이시여, 부디 당신의 정원에 소화를 다시 옮겨 심으시고 저의 정원에서 제 남편을 거닐게 해주십시오."

"늦었다. 소화는 이미 도처에 뿌리를 내렸다. 인간세상의 물과 햇볕을 맛보고, 바람과 벌들의 잉잉거리는 소리는 들은 소화는 하늘정원으로 돌아갈 수 없다. 더 이상 차갑고 습기 찬 나의 정원에 소화는 살지 못한다. 소화는 뜨거운 햇볕과 빛나는 태양을 향해 돌아섰다. 감히 네가 내 정원에서 소화를 훔쳐 간 것이다. 그러니 나는 너의 정원에서 너의 꽃을 꺾어 갈 것이다."

"안 됩니다. 팔목수라님이시여, 안 됩니다."

팔목수라는 킬킬 웃었다. 입과 콧구멍에서 나온 시퍼런 연기가 흩어졌다. 팔목수라는 연기 속으로 사라졌다. 여늬는 팔목수라를 부르며 눈물을 흘렸다. 문득 잠에서 깼을 때 베갯잇이 젖어 있었다. 남편의 숨소리가 약했다. 여늬는 남편의 거무죽죽하고 메마른 얼굴을 만졌다. 사람의 살결이 아니라 오랜 가뭄에 마르고 갈라진 흙 같았다.

이요신은 홍구의 며느리가 보낸 사람의 이야기를 듣고 격노했다.

"어째서 지금까지 아들의 병세를 알리지 않았다는 말이냐? 편지를 몇 통 보냈지만 답이 없어 이상하다고 생각했더니 그동안 응태의 병을 숨겨왔다는 말이냐?"

홍구의 사돈댁으로 달려온 이요신은 사돈 내외가 지켜보는 앞에서도 화를 누그러뜨리지 않았다. 그토록 피하려 한 불행을 결국 피하지 못했다는 자괴감이 더해졌다.

"소화 독을 피하기 위해 거처를 옮겼건만 그래도 소용이 없었구나. 집을 옮기면 다를 줄 알았더니 별 무소용이었구나. 내가 어쩌자고 하운 스님의 예언을 따르지 않았다는 말인가? 내가 어째서 이처럼 어리석은 짓을 용납했다는 말인가. 내가 죄인이로다. 내가 씻지 못할 죄를 저질러 눈에 넣어도 아프지 않을 자식을 죽게 하는구나."

이요신은 한탄했지만 며느리를 탓하지는 않았다. 모든 일이 하운 스님의 예언 대로였지만 그 화근이 된 며느리를 탓할 수는 없었다. 박복한 운을 타고난 며느리도, 박복한 운명을 피하고자 노력한 사돈들도 아프기는 매한가지였다. 차라리 그 모든 책임은 자신에게 있다고 해야 옳은 법이었다.

이요신은 굿을 하겠노라고 했다. 이미 용하다는 의원들이 모두 오고갔음을 알고 있었다. 더 불러올 용한 의원은 없었다. 설령 더 용한 의원이 있다고 해도 소용없음을 요신은 잘 알고 있었다. 아들의 병은 몸에서 생긴 것이 아니라 하늘의 분노로 생긴 병이라고 그는 확신했다. 그는 며느리를 불러 앉혔다.

"이제 어쩔 도리가 없다. 응태를 안동으로 데려가야겠다. 그 전에 귀신을 물리칠 굿을 할 것이다. 하늘과 땅이 놀랄 굿을 행해서라도 액을 쫓을 것이다. 너는 그렇게 알라."

여늬는 남편의 병이 돌이킬 수 없는 지경임을 알았다. 시아버지의 말씀에 반대할 이유도 없었고 반대하고 싶지도 않았다. 팔목수라는 시간이 됐다고 했다. 이러다가 덜컥 남편이 세상을 버리기라도 하면 시댁으로 들어갈 수 없으리라. 남편을 잃고 홀로 친정에 남고 싶지 않았다. 사별이 영이별이 될까 두려웠다. 친정에서 남편을 잃느니 시댁으로 들어가는 편이 좋겠다고 진작부터 생각하고 있던 터였다.

이요신은 돈을 아끼지 않았다. 조선팔도 구석구석으로 사람을 보내 용하다는 무당을 찾게 했다.

"돈은 얼마든지 들여도 좋다. 응태의 몸뚱이를 물고 늘어진 귀신을 쫓을 수 있다면 열 마지기고 스무 마지기고 달라는 대로 땅을 내놓을 것이다. 어서 가서 무당을 찾아라."

열흘도 되지 않아 팔도에서 용하다는 무당들이 홍구로 모여들었다. 무당들이 저희끼리 수군거리며 모시는 신의 힘을 자랑했다. 그리고 애당초 경쟁이 될 수 없는 무당들은 일찌감치 짐을 싸 왔던 길로 떠났다. 먼 길을 왔다가 빈손으로 돌아가는 무당들에게도 이요신은 노자를 넉넉히 주도록 했다. 오고가는 동안 마음으로나마 아들의 쾌차를 빌어달라는 당부도 빼놓지 않았다.

안동으로 들어가던 날 동네 사람들이 모여 장구를 치고 꽹과리를 두들겼다. 방방곡곡에서 모인 무당 중에서도 용하다는 무당 셋을 골라 집 앞 고샅에서 사흘 동안 굿하게 했다. 세 무당의 굿에 이어 팔도에서 가장 용하다는 무당이 팔목수라를 쫓을 예정이었다. 울긋불긋한 꽃가마를 준비했고 청년 열두 명이 북을 치고 장구를 쳤다. 마을 사람들은 어느 부잣집에서 혼례라도 치르는 줄 알았다. 쌀 씻던 아낙들이 설쳐대던 궁둥이를 붙들어 앉히지 못하고 맨 먼저 일어났다. 그 뒤를 이어 마당 쓸던 종놈들이 빗자루를 들고 뛰어나왔고, 자치기하던 조무래기들이 뛰어왔다. 느릿느릿 바둑 두던 양반들이 뒷짐을 지고 슬그머니 걸어 나왔다. 담 너머로 고개를 내밀고 귀를 쫑긋 세우던 규수들은 감히 사립문을 열지 못하고 발만 동동 굴렀다.

"생원 댁에 또 잔치가 있니껴?"

"요란뻑쩍한 걸 보니 그런가 보네……."

"여늬 아래에는 동생이 없잖으니껴?"

"혼례가 아니라 여늬 서방님을 본가로 옮긴다는구먼."

"병자를 옮기는 데 뭣이라고 저렇게 북 치고 장구를 친다니껴?"

"역신을 쫓는다는구먼."

"역신?"

"왜 안 있니껴. 호랭이 사냥할 때도 정신을 쏙 빼놓니라고 시끄럽게 북 치고 꽹과리 안 치니껴. 요란한 소리를 내서 역신의 정신을 빼버리겠다는 것이재."

마을 사람들의 수군거림은 북소리, 장구소리, 꽹과리소리에 묻혀 사라졌다. 요란한 북소리와 장구소리에 이어 팔목수라를 쫓을 무당이 마당으로 들어왔다. 팔도에서 모인 용하다는 무당들 중에서도 견줄 자가 없다는 산보살이었다. 여늬의 아버지가 계룡산 천지암까지 사람을 보내 힘들게 모신 보살이었다. 무당

능소화

은 신경질적이고 세상을 얕보는 듯한 눈빛을 쏘아내며 마당으로 성큼성큼 들어왔다. 울긋불긋한 옷을 겹겹이 껴입은 무당이 걸음을 옮길 때마다 찬바람이 일어났다.

산보살은 장군신에 동자신을 받았고 할머니와 외할머니의 조상신까지 받은 무당으로 반은 사람이고, 반은 신이라고 했다. 그는 역신에게 모가지를 틀어잡혀 저승 문 앞까지 간 사람도 다시 끌고 왔을 정도로 무시무시한 보살이었다. 보살은 호전적인 눈으로 좌중을 둘러보았다. 산보살과 눈이 마주친 사람들은 저도 모르게 고개를 숙이거나 돌려서 눈을 피했다. 무서운 눈빛이었다.

무당은 느린 걸음으로 응태가 들어가 앉은 가마에 다가섰다. 얼굴이 백지장처럼 하얗게 변하고 눈에 초점을 잃은 응태가 겨우 고개를 들어 무당을 보았다. 무당의 빛나는 눈과 마주친 응태의 맥없는 눈이 금세 아래로 떨어졌다. 무서운 눈빛에 고개가 꺾인 것인지 더 이상 목을 들고 있을 힘도 없었던 것인지 알 수 없었다. 응태는 어깨에 멧돼지를 얹고 성큼성큼 고샅으로 들어서던 예전의 기골 장대한 사내가 아니었고 매처럼 빛나는 눈은 반쯤 썩은 고등어 눈 같았다. 큰 키는 예나 지금이나 그대로지만 살이 쏙 빠진 몸뚱이는 말라서 쪼그라든 물걸레처럼 찌그러져

146

원래의 장대한 기골을 가늠조차 할 수 없었다.

무당은 부채를 펴 얼굴을 가리고 앞으로 천천히 나섰다. 무섭고 괴기한 빛을 쏟아내는 두 눈만 부채 위에 얹혀 광채를 발하고 있었다. 그러나 그뿐이었다. 눈알을 뒤집고 흰자위를 드러낸 채 신을 청하던 무당은 어쩐 일인지 부들부들 떨 뿐 감히 집 밖으로 나서지 못했다. 열두 살 신내림을 받은 후부터 정성으로 모셔온 신을 불렀지만 답하지 않았던 것이다. 무당은 사람들 눈에 띄지 않게 고개를 갸우뚱했다. 열두 살 때부터 자신을 돌봐주는 신들이었다. 어디를 가나 떠나지 않고 자기 몸에 붙어서 시시콜콜한 일까지 간섭하고 챙겨주던 신들이었다. 그러나 오늘은 아무리 불러도 답하지 않았다. 정신을 모으고 신을 청하던 무당의 이마에 땀이 맺혔다. 장군신과 동자신, 할머니와 외할머니 신을 차례로 불렀지만 신들은 답하지 않았다.

무당은 문득 정신을 차렸다. 그러고 보니 집 안 어디에서도 신들은 보이지 않았다. 자신이 가는 곳 어디에나 먼저 와 기다리던 신들이 감쪽같이 사라지고 없었다. 그럼에도 집 안에서는 거역할 수 없는 무기巫氣가 느껴졌다. 지금껏 한번도 접한 적이 없는 무섭고 강렬한 기운이었다. 무당은 다시 정신을 가다듬었다. 맑은 물을 다시 떠오게 하고, 울긋불긋한 무명천을 꺼내 북북 찢고 그 천으로 응태가 들어가 앉은 가마를 여러 차례 때리고 훑었다. 그러나 신들은 답하지 않았다.

무엇인가 이상했다. 그렇다면 이 집 안에 사는 신이라도 불러내야 할 형편이었다. 아쉬운 대로 집 안에 죽치고 앉은 신들도 쓸모가 있었다. 무당은 다시 정신을 집중했다. 그리고 이번에는 자신과 함께 다니며 자신을 지켜주는 신이 아니라 이 집 안에 죽치고 앉은 신을 불렀다. 그러나 부뚜막을 굳건히 지키는 조왕신도, 집 안의 여러 신을 통솔하며 집 안의 평안과 부귀를 관장하는 성주신도, 울타리 안의 우철륭님도, 울타리 밖의 좌철륭님도, 곳간의 제석님도, 동자신도, 장군신도 답하지 않았다. 식은땀을 흘리던 무당이 정신을 모으고 집 안을 둘러보았다. 사철 집 안을 지키며 꼼짝도 않는 집 안의 신들도, 어머니도 외할머니도 어떤 조상신도 보이지 않았다. 집구석에 흔해빠진 개나 소, 고양이 신들조차 꽁무니를 감추고 없었다. 무당은 고개를 들어 고샅 밖을 살폈다. 낮이고 밤이고, 여름이고 겨울이고 자신을 돌봐주던 신들은 집 밖으로 멀찌감치 달아나고 없었다. 마땅히 신들이 있어야 할 자리엔 음습하고 무서운 존재가 자리를 차지하고 있었다. 무당은 그것이 무엇인지 가늠조차 할 수 없었다.

"이게 무슨 조화지?"

거기에는 자신이 한번도 만나거나 들은 적이 없는 무서운 신이 서 있었다. 검은 얼굴에 붉은 눈, 이마에 두껍고 날카로운 뿔이 달린 신이었다. 사자의 갈기처럼 무성한 수염에 끈적끈적한 침을 길게 늘어뜨리고 있었다. 사람도 짐승도 아니었고, 도깨비도 아니었다. 눈이 네 개나 달린 그 얼굴은 사람의 몸통만 했고 키는 아홉 척이 넘어 보였다. 사람도 짐승도 도깨비도 아닌 신은 '어디 네년 하는 짓이나 한번 보자'는 듯 무당을 노려보았다. 신이 팔을 꼬고 돌아앉았을 때 무당은 기겁을 했다. 괴신의 얼굴은 앞과 뒤가 같았다. 네 개의 눈과 한 개의 코, 한 개의 입이 얼굴 뒤에도 있었다. 팔목수라였다. 무당은 사지를 벌벌 떨 뿐 입을 열지도 발걸음을 떼지도 못했다. 어지간한 신이라면 "워이 물렀거라, 이 망할 놈! 여가 어디라고 발을 붙이느냐!"고 흰소리라도 한번 질렀을 터였다. 그러나 입은 엄동설한에 얼어붙은 듯 딱딱했다. 입을 열었다가는 얼음 깨지듯 입술이 깨지고, 걸음을 뗐다가는 발이 떨어져 나갈 것 같았다. 무당은 다만 백지장이 된 얼굴로 벌벌 떨 뿐이었다.

사태가 심상치 않음을 알아챈 이요신이 얼른 무당 앞으로 나아가 돈 백 냥을 더 얹고 두 손을 모아 빌었지만 무당은 벌벌 떨 뿐 움직이지 못했다. 용한 무당을 앞세워 팔목수라를 쫓고 시

능소화

댁으로 들어가려던 여늬의 기대는 물거품이 되고 말았다. 한쪽 어깨에 철퇴를 얹은 팔목수라가 기분 나쁜 얼굴로 웃었다. 무거운 침이 뚝뚝 떨어졌다.

사람의 세계밖에 볼 줄 모르는 사람들은 영문을 몰랐다. 장구와 꽹과리를 치는 패거리들이 멀찍이 앞서갔지만 무당은 집을 나서지 못했고 웅태를 실은 가마는 움직이지 못했다. 북 치고 장구 치며 앞서 고샅으로 나간 청년들이 재미없는 표정으로 하나둘 집으로 돌아왔다. 눈이 풀린 무당은 살려달라고 빌었다. 사람들은 얼굴이 하얗게 질린 무당이 무엇을 향해 그처럼 처절하게 비는지 알지 못했다. 무당은 엎드려 빌고, 엎어져 빌고, 낯짝을 땅바닥에 처박고 빌었다. 무당은 빌기를 거듭한 끝에 기어서 집 밖으로 도망쳤다.

여늬는 눈물을 흘리며 가마를 재촉했다. 마을 청년들이 꽹과리를 치고 북을 쳤다. 가마 옆에 선 여늬는 자주 뒤를 돌아보았다. 아홉 척의 팔목수라는 철퇴를 어깨에 짊어진 채 느릿느릿 가마를 따라왔다. 걸음을 빨리 하면 팔목수라도 서둘러 걸었고, 걸음을 늦추면 팔목수라도 늦췄다. 말을 타고 앞서가는 이요신은 고개를 들어 하늘을 보았다. 하늘이 꺼질 듯한 한숨이 끊이지 않고 터졌다.

해가 바뀌고 봄바람과 함께 꽃이 피고 졌지만 응태는 일어나지 못했다. 이요신은 하운 스님이 생전에 기거하던 구족암을 찾아가 빌고 또 빌었다. 아들을 대신해 볏짚으로 허수아비 사람을 만들고 갓 잡은 소피를 흠뻑 발라 신에게 바치기도 했지만 아들의 병세는 차도가 없었다. 이요신과 남다른 인연을 맺고 있던 고을 수령 장재경이 특별히 여제단興祭壇을 만들고 제사를 지냈지만 응태는 일어나지 못했다.

"정녕 어쩌지 못할 일이란 말인가."

이요신은 이미 떠나버린 하운 스님을 생각하며 하루에도 몇 번씩 한숨을 내쉬었다. 이미 늦었다고 하나 하운 스님이 살아 있다면 방책이 전혀 없지는 않을 것이라는 생각에 가슴이 미어졌다. 아쉽고 서러운 날이 속절없이 오고가고 있었다.

날씨가 갑자기 무더워지던 날 응태는 끔찍한 경련과 함께 근육이 마비됐다. 맥박이 가늘어졌고 정신을 잃었으며 사지는 차가워졌다. 여늬가 남편의 팔다리를 주무르고, 더운물에 적신 수건으로 온몸을 문질렀다. 기름등잔 아래에서 응태는 가는 숨을 쉬었다. 웅태는 여늬의 손을 오래 잡고 있었다. 잠이 든 듯했지만 웅태는 마지막 힘을 모으고 있었다. 여늬는 웅태의 얼굴에서 절망을 보았다. 봄 개울물처럼 쾌활하고 여름나무처럼 굳센 사람이었다. 그 얼굴에는 봄과 여름이 가고 나뭇잎 구르는 가을도 떠나고 없었다. 꽃피고 새 울던 남편의 얼굴은 겨울들처럼 텅 비어 있었다.

웅태는 죽음이 두렵지 않았다. 그가 두려워한 것은 아내와 자식을 두고 떠나야 한다는 사실이었다. 여늬가 귀를 웅태의 푸르죽죽한 입가에 가져갔다. 웅태는 마지막 힘을 모았다.

"당신에게 많이 미안하오. 너무 미안하오."

가쁜 숨을 몰아쉰 웅태가 아들 원이를 찾았다.

"원이야, 어머니 말씀을 잘 들어야 한다. 너는 이제 네 어머니의 하나뿐인 위안이다. 네가 어머니를 잘 모셔야 한다. 내가 이제 너를 믿고 먼 길을 가려 한다. 아비가 많이 미안하구나. 내가 너를 안아 무등을 태우려 했건만……. 원이야, 내게 남은 날이 없구나. 너와 함께 말을 타고 사냥을 나가려 했건만……. 미안하구나."

웅태는 초점 없는 눈으로 아버지를 바라보았다. 이요신은 침통한 얼굴로 아들의 눈을 받았다.

"아버지, 제가 이 죄를 어찌 씻겠사옵니까. 제가 이 죄를 어찌 하겠사옵니까?"

한 손에 여늬의 손을 잡고, 또 한 손에 원이의 손을 잡은 응태의 고통스러운 숨이 일순간 멎었다. 응태의 숨이 멎자 여늬의 울음이 터졌다. 여섯 살 원이는 제 어미와 더불어 영문을 모른 채 울었다. 여늬의 통곡소리에 사람들이 놀라 달려왔다. 응태의 형 몽태와 식구들이 달려왔을 때 응태는 떠나고 없었다. 여늬가 울었고 몽태가 울었다. 이요신은 고개를 돌리고 눈을 하늘로 쳐들었다. 음력 오월의 무더운 밤이었다. 하루살이들이 어지럽게 날고 있었다.

일가친척들이 멀고 가까운 곳에서 오고갔다. 응태와 더불어 사냥을 즐기던 벗들도 오고갔다. 여늬의 친정인 홍구에서 사귄 이들도 먼 길을 마다 않고 빈소를 찾아주었다. 여늬는 소리 내어 울지 않았다. 벌게진 눈과 얼굴로 그녀는 소리 내지 않고 병풍 너머 남편의 관을 지켰다. 남편 잃은 슬픔을 어디에 비길까. 부모 잃은 슬픔을 천붕지괴의 슬픔이라고 하였던가. 어린 자식을 두고 남편을 보낸 슬픔이 거기에 미치지 못할까. 그러나 여늬는 눈물을 보이지 않았다. 지친 가족들이 모두 잠이 들고 난 후에야 낮은 소리로 울었다. 남편이 떠나고 다섯째 날 한밤중에 여늬는 먹을 갈았다. 그리고 한지 한 장을 꺼내 눈물의 편지를 썼다.

당신은 언제나 저에게 둘이 머리가 희어질 때까지 살다가 함께 죽자고 하셨습니다. 그런데 어찌 저를 두고 당신 먼저 가십니까? 저와 어린아이는 이제 누구 말을 듣고, 누구를 의지하며 살라고 먼저 가십니까?

당신, 저에게 어떻게 마음을 가져오셨나요? 저는 당신에게 어떻게 마음을 가져왔나요? 함께 누우면 언제나 저는 당신에게 말하곤 했지요. "여보, 다른 사람들도 우리처럼 서로 어여삐 여기고 사랑할까요? 남들도 정말 우리 같을까요?" 당신은 우리가 나눈 이야기를 잊으셨나요? 그런 일을 잊지 않으셨다면 어찌 저를 버리고 그렇게 가시는가요?

당신을 잃어버리고 아무리 해도 저는 살아갈 수가 없습니다. 빨리 당신 곁으로 가고 싶습니다. 어서 저를 데려가주세요. 당신을 향한 마음을 이승에서는 잊을 수가 없어요. 이 서러운 마음을 어찌할까요? 이제 제 마음을 어디에 두고 살아야 할까요. 어린 자식을 데리고 당신을 그리워하며 살아갈 날을 생각하니 아득하기만 합니다.

이내 편지 보시고 제 꿈에 와서 자세히 설명해주세요. 어째서 그토록 서둘러 가셨는지요? 어디로 가고 계시는지요? 언제 우리는 다시 만날 수 있는지요? 우리는 헤어지지 않을 것이라고 하셨지요? 어떤 운명도 우리를 갈라놓을 수 없을 것이라고 하셨지요? 우리 함께 죽어 몸이 썩더라도 우리는 헤어지지 않을 것이라고 하셨지요? 저는 그 말씀을 잊지 않았습니다. 이렇게 편지를 써서 넣어드립니다. 당신, 제 꿈에 오셔서 우리 약속을 잊지 않았다고 말씀해주세요. 어디에 계신지, 우리가 언제 다시 만날지 자세히 말씀해주세요. 당신 뱃속의 자식 낳으면 보고 말할 것이 있다고 하셨지요? 그렇게 가시니 뱃속의 자식을 낳으면 누구를 아버지라 하시라는 것인지요?

아무리 한들 제 마음 같겠습니까? 이런 슬픈 일이 하늘 아래 또 있겠습니까?

남편에게 하고픈 말은 끝이 없었지만 좁은 종이는 더 이상 쓸 자리가 없었다. 여늬는 종이를 옆으로 돌려 여백을 채워나갔다. 한껏 불러 오른 배 안에서 아기가 발길질을 했다. 아기의 발길질에 서러움이 북받쳤다.

당신은 한갓 그곳에 가 계실 뿐이지만 아무리 한들 제 마음같이 서럽겠습니까? 한도 없고 끝도 없어 다 못 쓰고 대강만 적습니다. 이 편지를 자세히 보시고 제 꿈에 와서 당신 모습 자세히 보여주시고 또

155

능소화

말씀해주세요. 저는 꿈에서는 당신을 볼 수 있다고 믿습니다. 아무도 몰래 오셔서 보여주세요. 하고 싶은 말, 끝이 없습니다.

얼굴을 이불에 묻고 엎드린 여늬의 두 볼로 눈물이 흘렀다.

진작 기별을 받은 상여꾼들은 아침 일찍 집으로 왔다. 부엌어멈이 상여꾼들의 밥을 수북하게 눌러 담아 아침상을 내왔다. 일꾼들은 아침을 먹는 둥 마는 둥 마지막 손질로 분주했다. 상여는 오색 천을 띠 모양으로 잘라 몸체를 감싸고 쇠붙이장식을 매달았다. 네 귀에는 방울을 달아 상여가 움직일 때마다 저절로 울리게 하였고 지붕에는 눈부신 그림을 그려 넣었다. 마주 선 황룡과 청룡이 상여의 양장 지붕 위에 얹혀 있었다. 파랑과 빨강, 황금색 천으로 양장 지붕을 얹은 상여는 눈부신 꽃을 머리에 얹고 있었다. 네 마리 용이 상여 가운데 연봉을 중심으로 열 십 자 모양으로 사방 귀를 틀어막고 있었다. 상여의 용마루에는 꼭두각시가 먼 데를 바라보며 갈 길이 멀다, 어서 떠나자 하고 재촉했다. 상여는 온통 꽃으로 둘러싸였다. 망자는 살아서 꽃길을 걷지 못했지만 마지막 길은 눈부신 꽃밭이었다.

때르릉.

문득 울려 퍼지는 요령소리에 분주하게 움직이던 사람들이 걸음을 멈췄고 쉴 새 없이 지껄이던 입을 닫았다. 선소리꾼은 둘러선 사람들을 지그시 둘러본 다음 배에 잔뜩 힘을 주었다가 소리를 풀어냈다.

에헤야 이 행차를 / 에헤야 넘자 넘어

이제 가면 언제나 오나 / 에헤야 넘자 넘어

어제 저녁에 성튼 몸이 / 에헤야 넘자 넘어

저녁 나절 병이 들어 / 에헤야 넘자 넘어

유정 무정 나가 가면 / 에헤야 넘자 넘어

늦었구나 늦었구나 / 에헤야 넘자 넘어

아깝도다 아깝도다 / 에헤야 넘자 넘어

꼼짝도 않고 서 있던 서른셋 상여꾼들이 선소리꾼의 노래를 받았다. 조용하던 집 안팎은 눈물바다로 변했다. 망자를 대신해 소리꾼이 집을 향해 하직인사를 올렸다. 이요신은 손으로 기둥

능소화

을 짚은 채 먼 데를 보았다. 여늬와 원이, 응태의 형 몽태가 소리 내어 울었다. 소리꾼은 망자의 가족과 망자가 행복한 시절을 보낸 집을 향해 오래오래 하직인사를 올렸다. 사랑방과 안방, 대청과 별채를 두루두루 살피며 절했다. 죽은 아들을 대신해 소리꾼이 큰절을 올렸을 때 이요신은 몸의 균형을 잃고 비틀거렸다. 그의 두 눈에서 뜨거운 눈물이 주르륵 흘렀다.

망자의 혼백을 모신 요여가 앞섰다. 마치 작은 가마처럼 생긴 요여에는 뿔이 셋 달린 도깨비가 험악한 얼굴을 하고 있다. 죽은 것도 서러운데 갈 길을 막는 놈이 있으면 누구라도 용납지 않겠다는 얼굴이다. 상여는 선소리꾼의 선도로 마당을 세 바퀴 돈 다음, 대문을 나섰다. 서른 명이 넘는 만장행렬은 노랑과 빨강, 파랑과 흰 깃발을 들었다. 깃발에는 망자를 애도하는 글이 바람에 날렸다.

'근조, 철성이공십칠세손응태鐵城李公十七世孫應台.'

상여꾼들이 하늘과 땅을 향해 응태의 떠남을 고했다. 투툭 울음이 터진 여늬가 허물어질 듯한 걸음으로 만장행렬을 따랐다. 소리 없는 눈물만 주르륵 흘렀다. 철모르는 아들 원이가 제 어미의 옷자락을 잡고 따르며 울었다. 여기저기서 훌쩍이던 목소리는 이내 울음으로 변했다. 대소가의 늙은이와 젊은이가 울

158

었고, 여자와 남자가 울었다. 무뚝뚝한 얼굴로 만장행렬을 구경하던 이웃 아낙이 눈물을 훔치며 고개를 돌렸다. 늙은 이요신은 침통한 표정으로 고개를 떨구었다. 망자는 살아서 수십 명을 거느리지 못했지만 마지막 길을 배웅하는 만장행렬은 수백 명이 넘었다.

'당신 저에게 언제나 머리 희어지도록 함께 살자고 하셨지요. 그런데 어찌 저를 두고 홀로 먼저 가십니까? 아직 어린 우리 아이는 이제 누구 말을 듣고 어떻게 살라고 당신 먼저 가십니까?'

여늬는 자신이 어디로 걷는지도 모른 채 걸었다. 울긋불긋하고 흐릿한 풍경이 눈앞에 스쳤을 뿐 아무것도 보이지 않았다. 파랗고 붉은 만장행렬이 너울너울 춤을 추었다. 여늬의 걸음걸이는 만가를 따라 흐느적거렸다. 만장행렬은 꿈속을 거닐듯 느릿느릿 움직였다. 여늬는 자신이 꿈속을 헤매고 있는지, 더운 세상의 길을 걷고 있는지 분간할 수 없었다. 여늬는 눈물 철철 흘리며 걸었고 팔목수라는 잔인한 웃음을 흘렸다.

'함께 누우면 언제나 저는 당신에게 말하곤 했지요. "여보, 다른 사람들도 우리처럼 서로 어여삐 여기고 사랑할까요? 남들도 정말 우리 같을까요?" 당신은 우리가 나눈 이야기를 잊으셨나요? 그런 일을 잊지 않으셨다면 어찌 저를 버리고 그렇게 가시

159

는가요?'

동구 밖에서 멈춘 상여는 다시 망자가 나고 자란 동네를 향
해 망자의 떠남을 고했다.

간—다 간—다 나는— 간—다

북망— 고개로 나—는 간—다

서른— 서이— 상듯— 꾼아

발맞— 추어— 나아— 가세

여흐— 여흐— 여흐— 여흐

가다— 힘들면 쉬—어 가세—

명사— 십리— 해당— 화야—

꽃이— 진다고 설—워 마라—

명년— 춘삼월 돌—아 오면—

너는 다시— 피련— 마는—

우리— 인생은 한번— 가면—

다시— 올줄을 모—르 더라—

가지— 마오— 가지를 마오—

불쌍한 영감아 가지를 마소

상여는 뒤로 밀리는 듯 흐느적거리며 앞으로 나아갔다. 출렁대는 강물처럼 춤추며 나아가는 상여에서 소리가 앞뒤로 퍼져 나갔다. 삼베 끈을 붙잡고 지팡이를 진 남자와 여자들이 곡을 했다. 상여 위에 올라선 상두아비가 깊고 먼 목소리로 응태의 이별을 하늘과 땅에 거듭거듭 고했다. 노래는 능선을 넘고 강과 숲을 건너 너울너울 퍼져 나갔다. 만가의 서글픈 곡조는 산 넘고 강 건너 십 리 이십 리 밖으로 흩어졌다. 망자의 출발과 도착을 땅과 하늘이 굽어 살펴달라는 말이었다. 울긋불긋한 상여는 먼 데서도 잘 보였다. 하늘과 땅의 신들이 지나는 눈으로 슬쩍 보아도 망자의 이별과 도착을 알기에 충분했다.

젊은 여자와 늙은 여자, 어린아이와 늙은 남자가 상여 뒤에 바싹 붙어서 따랐다. 이요신은 흰 수염 날리며 비척비척 따랐다. 네가 나를 묻어야 하거늘, 내가 너를 묻는다. 시문이 무엇이고 무예가 무엇이더냐. 기껏해야 부모의 가슴에 무덤이나 만들어놓고 떠날 놈의 잔재주가 아니더냐. 몹쓸 놈아, 몹쓸 놈아. 소화꽃은 무엇 하려 꺾어왔더냐, 몹쓸 놈아. 그렇게 막고자 했는데, 내가 막지를 못했구나. 죄인이로다. 내가 너를 죽인 죄인이로다. 이요신은 바람이 불어오는 쪽으로 얼굴을 들어 바람에 눈물을 훔쳤다. 백발이 바람을 좇아 날렸다.

부지런한 상여꾼들이 먼 길 떠나는 망자와 남은 자를 위로 했지만 여늬는 듣지 못했다. 눈물은 멈추지 않았고 상여꾼의 노래가 멈출 때마다 여늬의 날카로운 울음소리가 대열을 찢고 흩어놓았다.

'당신 저한테 어떤 마음을 가지고, 어떻게 대하셨는지요? 저는 당신에게 어떤 마음을 가지고 어떻게 대했는지요? 이렇게 야속하게 가실 요량이면 어째서 그리 다정하셨는지요? 이렇게 야속하게 가실 요량이면 어째서 긴긴 밤을 새워가며 굳은 약속을 하셨는지요?'

빗물 섞인 바람이 불었고 상여에 매달린 붉고 감청색 천들이 파르르 떨렸다. 산으로 뻗은 먼 길을 따라 상여는 구불구불, 출렁출렁 나아갔다. 곡소리는 잦아들지 않았고 눈물은 마르지 않았다.

영원히 끝나지 않는 사랑

저는 당신이 떠나지 않았음을 압니다. 죽음이 사람을 갈라 놓을 수 없음도 압니다. 차가운 냉기 속에서도 당신의 체온을 느낄 수 있습니다. 칠흑 같은 어둠 속에서도 당신의 미소를 볼 수 있습니다. 소쩍새마저 잠든 밤에는 당신의 목소리를 듣습니다.

무덤에서 나온 편지와 기타노 교수가 가져온 글을 풀고 엮어 재구성한 이야기는 여기까지다. 두 달에 걸친 재구성 작업을 끝냈을 때 나는 뿌듯하기보다 허탈했다. 내가 특히 답답했던 것은 응태의 아내 여늬였다. 이토록 절절한 사연을 남긴 여늬에 대한 기록이 없었다. 그토록 완벽하게 전해지는 고성 이씨 족보에도 이응태의 이름이 올라 있을 뿐 그의 아내 여늬에 대한 기록은 없었다.

여늬는 어떤 여자일까. 남편이 죽은 후 그는 어떻게 살았으며 무덤은 어디에 있을까. 남편과 아내의 무덤이 나란히 조성되는 것이 통상적인 조선시대의 풍속이었다. 그러나 응태의 무덤

165

옆에서는 어떤 봉분도 발견되지 않았다. 좀 떨어진 곳에서 발견된 무덤들은 모두 주인이 따로 있었다.

응태의 가문은 고성 이씨에다 만석꾼이었다. 이만 한 집안의 며느리라면 여늬도 한미한 집안의 여식은 아니었을 것이다. 게다가 그녀가 남긴 글로 보아 상당한 수준의 교육을 받은 것이 분명했다. 그런데 어째서 족보에는 이름도 남기지 못했을까. 이응태가 벼슬을 하지 못한 데다 부모보다 먼저 죽었기 때문일까. 그래서 남편 잡아먹은 여자라고 족보에는 아예 이름조차 오르지 못한 것일까. 그랬을 수도 있다. 보통 집안이라면 남편 잡아먹은 년이라고 소박을 맞았을 수도 있다. 그러나 안동 지방에서는 구하기 힘든 춘양목 통관을 만든 것으로도 모자라 공기가 들어가지 않도록 석회를 잔뜩 발랐을 만큼 정성들인 무덤을 만들어준 시아버지가 아닌가. 당시 여성이 개가했을 가능성은 적었다. 상민 정도의 집안이라면 남몰래 개가했을 수 있지만 대단한 양반가에서 남편이 죽었다고 개가했을 리는 없다. 게다가 무덤에서 나온 편지는 아들 원이 외에도 둘째 아이를 임신했음을 알려주고 있다. 아이를 둘씩이나 낳은 며느리를 내쫓았을 가능성도 희박했다. 게다가 시아버지 이요신의 품성으로 보면 며느리를 원망할 위인도 아니었다. 남편이 죽고 여늬는 어떻게 됐을까?

어쩌면 원이 엄마가 남긴 편지는 당시 장례에 수반되는 요식적인 제문에 불과했을까. 말하자면 두 사람의 사랑이 그렇고 그런 별 수 없는 것은 아닐까. 충분히 그럴 수 있다. 흔히 조선조의 양반들은 아내의 죽음을 슬퍼하며 글줄을 남겼는데 이 글줄이란 게 너나없이 '오호 통재라, 이 일을 어찌할꼬'로 시작하고 끝나는 것이어서 부부간의 애끓는 사랑이라기보다 먼저 죽은 아내를 위해 사십구재 치르듯 으레 남기는 글처럼 보이기도 했다. 이렇게 본다면 양반가의 아내 입장에서도 요절한 남편에게 예의상, 관례상, 전통에 따라 글 몇 줄 남기는 것은 어색할 것이 없었다. 그러나 전통에 따라, 관례상 몇 줄 글을 남긴 것이라고 보기에 여늬의 사연은 너무나 가슴 아팠다. 그저 형식적으로 글을 남겼다면 그처럼 장문에다 그처럼 구체적인 이야기를 남겼을 리는 없으리라.

글에 자주 등장하는 팔목수라는 괴이쩍은 신에 대해서도 알 길이 없었다. 여늬는 이 팔목수라가 남편을 잡아갔다고 생각하고 있다. 여늬가 하늘정원에서 하늘꽃을 훔쳐 달아났고 팔목수라가 여늬를 쫓아왔다는 이야기가 여기저기에 등장한다. 하늘꽃이란 도대체 무슨 꽃을 말하는 것일까. 게다가 팔목수라니 역신이니 하는 말이 어디 가당키나 한 말인가. 그렇다고 무시할 수도 없었다. 몇 차례에 걸쳐 소화라는 꽃이 언급되는 데다 팔목수라 역시 비교적 소상하게 묘사되고 있었다. 그러나 국내외의 현대판『원색식물도감』은 물론이고 일제시대에 간행된『조선식물도감』에서도 소화꽃을 찾을 수 없었다. 팔목수라 역시 어떤 문헌에서도 찾아볼 수 없었다.

여늬의 꿈속에 나타난 팔목수라는 응태와 여늬의 불행을 암시하는 나쁜 꿈이었을까. 그럴 수도 있다. 실제로 꿈이 현실에서 미래에 닥칠 행이나 불행을 암시하는 경우는 요즘도 많다. 그러나 진위를 확인할 방법은 없었다. 다만 여늬가 그런 일기를 남긴 만큼 괴이한 꿈을 꾼 것은 분명해 보였다. 어쩌면 당시 창궐한 역병에 대한 두려움이 그렇게 꿈으로 나타난 것인지도 모를 일이었다.

조선시대 문헌을 살펴보면 전염병이 돌 때 사람들은 집과 토지를 버리고 멀리 도망치거나 굿을 했다. 당시 사람들은 전염병을 역신이 분노해서 생기는 것으로 생각했다. 그래서 귀신을 쫓으면 병을 물리칠 수 있다고 믿었다. 사람들은 굿을 통해 역신을 겁주어 쫓아내거나 살살 달래서 풀어줄 수 있다고 본 듯하다. 역신을 쫓는 일에는 복숭아 나뭇가지로 때리거나 불붙은 짚으로 훑었다. 원혼을 달래 풀어주기 위해 각종 굿이나 여제厲祭도 시행됐다. 더 큰 정령의 힘을 이용하기 위해 장승을 세우거나 산천이나 성황 등에 비는 사람들도 많았다. 이는 민가의 일만은 아니었다. 궁궐에서도 역병을 쫓기 위해 제사를 지냈다는 기록이 있다. 북한산에 상설 여제단이 있었고, 전국 각지에도 임시 여제단이 설치됐다가 철거되기도 했다. 심지어 중앙에는 여제를 지내는 제관이 따로 있었다. 지방에서는 그 지역 수령이 제사를 지냈다는 기록도 있다. 당연히 이응태의 아내 여늬도 전염병을 역신의 분노라고 생각했을 가능성이 크다. 『조선왕조실록』에 따르면 이응태가 죽었을 당시 안동과 상주를 비롯한 경상북도 북부 지방에는 역질이 돌아 많은 사람들이 죽었다고 한다. 당시 이 지방에 창궐한 역질은 어떤 병이었을까? 조선에 매독이 들어온 것은 임진왜란 직후다. 윤질(호열자) 역시 조선 순조 21년(1821)부터 나타난 전염병이다. 그렇다면 온역溫疫(장티푸스)일 가능성이 높지만 확신할 수는 없었다.

무덤에서 나온 편지뿐만 아니라 기타노 교수가 가져온 글에도 원이라는 아들이 분명히 있었지만 고성 이씨 족보에는 원이라는 이름이 올라와 있지 않았다. 아버지 응태에 이어 아들 원이도 돌림병으로 세상을 떠난 것은 아닐까. 만약 그렇다면 당시의 돌림병이 정말 팔목수라의 복수극이었을까? 그것은 알 수 없는

169
능소화

일이었고 어쩌면 그다지 중요하지도 않았다. 문제는 여늬였다. 나는 그즈음 도서관이라는 도서관, 책이라는 책은 다 뒤적거리고 안동 지방의 잡풀 뿌리까지 모조리 헤집고 파헤쳤다. 그러나 여늬에 관해서는 단 한 줄도 더 알아낼 수 없었다.

그 무렵 한 방송사에서 이응태의 무덤이 4백 년 넘게 온전한 상태로 보존된 것과 관련해 특집 과학 다큐멘터리 프로그램을 방영했다. 조선시대의 질병에 대한 이야기도 양념처럼 곁들여 사람들의 눈길을 끌었지만 뭐 하나 명확한 것은 없었다. 진행자의 그럴듯한 내레이션으로 흥미만 돋울 뿐 별다른 내용은 없었다.

프로그램에 출연한 대학의 교수들은 그 일대 토양이 알칼리성인 데다 물이 잘 빠지는 곳이어서 보존상태가 양호하다고 결론 내렸다. 게다가 통관에 옻칠을 여러 번하고, 석회를 두껍게 바른 덕분에 시신과 편지가 온전히 보존됐다는 것이다. 글쎄, 그럴까. 그렇다면 주변에 널린 고성 이씨 가문의 무덤이 모조리 썩어 흙이 된 사실을 어떻게 설명할 것인가. 게다가 같은 관에서 나왔지만 아내가 쓴 글을 제외하고 다른 편지는 썩거나 많이 상해 특수한 처리를 하지 않고는 판독조차 어렵다는 사실은 또 어쩔 것인가. 흥미를 넘어 과학적으로 이해할 수 없는 현상이었다.

텔레비전 프로그램에 대한 내 소감은 불만으로 요약할 수 있었다. 미라의 탄생 원인을 밝히기 위해 프로그램 제작팀이 이응태 무덤 주변의 토양을 모조리 조사했다는 이야기는 결국 그 일대에 아내 여늬의 무덤이 없었다는 말이기도 했다. 만약 방송사와 연구진들이 여늬의 무덤을 찾아냈더라면 당연히 또 한편의 이야기를 엮었으리라. 결국 이토록 절절한 이야기를 남긴 여늬는 무덤조차 확인할 길이 없는 셈이었다.

요절한 남편은 4백 년이 지나 다시 세상을 활보하는데 정작 죽은 남편을 세상으로 드러낸 아내는 흔적조차 알 길이 없었다. 남편 무덤 근처에서 아내의 무덤을 찾을 수 없다면 결국 결론은 하나였다. 임진왜란이었다. 이응태가 죽고 얼마 지나지 않아 임진왜란이 발생했다. 여늬는 피난길에서 객사했을 가능성이 컸다. 어쩌면 무덤의 편지와 기타노 교수가 가져온 글에 등장한 아들 원이도 임진란을 겪는 동안 잃었을 가능성도 높았다.

무덤도 없는 여인이라니 아쉬웠다. 전쟁통에 이름 석 자는 커녕 무덤 한 줌 남기지 못한 사람이 어디 한둘일까. 그것을 서러워하고 말 것은 없었다. 그럼에도 나는 아쉬운 마음을 누를 수 없었다. 아마 아내를 묻지 않고 화장한 데 따른 아쉬움 때문일 것이다. 무덤에서 나온 편지와 기타노 교수가 가져온 조선시대

능소화

여인의 글에 나도 모르게 집착한 것은 어쩌면 일찍 떠나보낸 아내에 대한 그리움 때문인지도 모른다.

　나는 어째서 아내를 묻지 않고 재로 뿌렸을까. 당시엔 경황이 없었고 다시는 만나지 못할 아내를 가슴속에 온전하게 간직할 자신도 없었다. 간직할 수 없다면 하루라도 일찍 떨쳐버리는 편이 나았다. 두 사람 사이에 자식이 있는 것도 아니고, 찾아올 사람도 없는 무덤을 남기지 말라는 장인의 말씀도 내 생각을 굳히게 했다. 그러나 잊힐 줄 알았던 아내는 잊히지 않았고, 후련할 줄 알았던 화장이 오히려 후회와 아픔이 되어 남았다.

　나는 어째서 아내의 무덤을 남길 생각을 못했을까. 내게도 아내의 무덤이 있다면, 그래서 꽃이 피는 날, 바람이 부는 날, 낙엽이 뒹굴어 울적해지는 날 무덤가에 앉아 이야기를 나눌 수 있다면 얼마나 좋을까. 우리가 함께 걷던 거리에 대해, 함께 본 영화에 대해, 그리고 새로 나온 그 영화의 후속편에 대해 이야기를 들려줄 수 있다면 얼마나 위로가 될까. 어쩌면 내가 술에 취해서 떠나고 없는 아내에게 이메일을 쓰듯 여느는 요절한 남편 앞으로 편지를 쓴 것이 아닐까. 그녀의 글이 그냥 일기라기보다는 남편에게 부치는 편지 형식을 띠고 있다는 점에서 나는 묘한 공감과 더불어 안타까움을 느꼈다.

기타노 교수에게 내가 재구성한 이야기를 보냈지만 회신은 없었다. Y대학교 조교는 기타노 교수가 방학을 맞아 일본으로 돌아갔으며 방학이 끝날 때쯤 다시 입국할 것이라고 짤막하게 답했다. 가능한 한 빨리 일본의 기타노 교수에게 내가 보낸 글을 전해달라고 당부했지만 조교의 대답은 흐릿했다. 하기야 기타노 교수가 내 글을 읽는다고 해도 그저 감상 정도를 알려줄 수 있을 뿐 내 궁금증을 푸는 데 도움이 될 것 같지는 않았다.

장마답지 않은 장마가 물러가면서 여름은 절정을 향해 치닫고 있었다. 4백 년 전에 죽은 부부의 안타까운 이야기에서 손을 떼지도 못했고 그렇다고 무언가 진전된 것도 아니었다. 나는 하릴없이 집과 연구실을 오고가며 여름을 견디고 있었다. 뜨거운 햇볕이 쏟아지는 창밖은 모든 것이 흐느적거렸다. 건너편 연구동의 창문에 달린 쇠창살이 여름 햇볕에 녹아내릴 것 같았다. 여름방학인데도 학교에 나온 학생들이 맥 빠진 걸음으로 터덜터덜 걷고 있었다. 복도 쪽 출입문과 연구실 창문을 활짝 열었지만 바람 한 점 없는 날씨였다. 좁은 연구실은 빼곡히 쌓아올린 책 탓에 사람이 다닐 길은커녕 바람조차 잘 통하지 않았다.

기타노 교수에게서 전화가 온 것은 내가 재구성한 글을 보내고 보름쯤 지나서였다. 그는 Y대학 조교를 통해 내가 보낸 자료를 받았으며 고맙다는 말과 함께 "이 더운 날씨에 큰 고생하셨다"는 인사를 덧붙였다. 내가 보낸 글을 받았다는 인사전화인 줄 알았는데 그는 뜬금없이 죄송하다는 말씀부터 드려야겠다며 운을 뗐다. 그리고 간사이 외국어 대학교의 민속박물관이 그렇고 그런 대접을 받는 데는 다 그만 한 이유가 있다는 말을 했다. 이유인즉 자신이 간사이 대학교 민속박물관으로부터 우편으로 받아서 내게 전한 복사본은 전체 분량이 아니라는 말이었다. 그 외에 몇 장의 글이 더 있는데, 박물관 직원의 무성의로 열 몇 장의 글이 빠졌다고 했다. 박물관 직원은 실수라고 변명하지만 자신이 보기엔 무성의라고 좀 과장된 분통을 터뜨렸다. 어쩌면 박물관의 행정과 관련해 평소 자신이 갖고 있던 불만이 이번 일로 불거진 것은 아닐까 하는 생각이 들었다. 그는 여러 번 죄송하다는 말과 함께 혹여 내 연구에 도움이 될 수 있다면 우편으로 나머지 자료를 보내겠다고 했다. 나는 기다릴 여유가 없었다.

"기타노 교수님, 팩스로 보내주시면 안 될까요?"

팩시밀리는 촤르르 소리를 쏟아내며 종이를 삼키고 뱉기를 거듭했다. 나머지 글 역시 남편에게 보내는 편지 형식으로 쓴 일기였다. 내용은 남편이 죽고 난 후의 이야기로 글쓴이 인생의 마지막 부분에 해당했다. 어쩌면 여늬의 흔적을 찾을 수 있는 단서가 될지도 모를 이야기도 포함되어 있었다. 이 글 역시 연도나 날짜는 기록되어 있지 않았다. 일기 내용의 전개상황을 바탕으로 내가 나름대로 순서를 잡았지만 여늬가 쓴 글의 순서와 같다고 단정하기는 역시 어렵다.

하늘을 거스르는 꽃

저는 붉고 큰 꽃이 되어 당신을 기다릴 것입니다. 처음 당신이 우리 집 담 너머에 핀 소화를 보고 저를 알아보셨듯, 이제 제 무덤에 핀 능소화를 보고 저인 줄 알아주세요. 우리는 만났고 헤어지지 않았습니다.

세상은 제자리로

곡하던 대소가의 어른들과 아이들은 제 집으로 떠났습니다. 방석은 제자리에 있고, 병풍은 벌써 걷었습니다. 막종이는 손에 침을 뱉어가며 장작을 패고, 늙은 박 서방은 너른 마당에 종일 게으른 비질을 합니다. 박 서방의 힘에 겨운 신음소리가 방안까지 들려 안쓰러운 마음이 일어납니다.

원이는 동네 아이들과 몰려다니며 까르르 웃음을 터뜨립니다. 시아버님은 끼니를 거르지 않았습니다. 아주버님은 예의 호탕한 웃음을 짓고, 턱수염을 절도 있게 쓰다듬습니다. 이번에 임해 군수로 자리를 옮기셨습니다.

세상은 더 이상 울지 않고, 흔들리지도 않습니다. 모두 제자리를 찾아, 가고 왔습니다. 문득 정신을 차렸을 때 사위는 고요했습니다. 너무 고요해서 제가 꿈속에서 운 것은 아닐까 싶습니다. 당신이 떠난 줄 알지만 저는 자주 놀랍니다. 낮은 발소리에도 놀라고 낙엽 뒹구는 소리에도 놀랍니다. 나뭇잎이 공연히 떨어지고 발소리가 저 혼자 날 리 있겠습니까. 저는 잎 지는 소리에 당신이 왔음을 압니다. 초겨울 빈 가지에 걸린 달빛이 홀로 외롭습니다.

179
능소화

비 내리던 밤

시숙이 목단 씨앗 몇 개를 갖다 주셨습니다. "꽃이 붉고 아름다우니 뜰에 심어두고 즐기시기 바랍니다"라고 하셨습니다. 여름 내내 바람 한 줄기 없었던 모양입니다. 아무리 기다려도 뜰 안엔 목단 향기가 나지 않습니다. 아니에요, 사실은 바람 탓이 아닙니다. 무엇이 잘못 되었는지 씨앗 중에 대부분은 죽고 겨우 싹이 난 몇 개도 꽃을 피우지는 못했습니다. 무엇이 잘못 되었을까요? 햇볕이나 물이 부족했을까요? 하기야 꽃을 피우지 못할 바에야 차라리 싹조차 트지 않는 편이 낫습니다.

저는 당신이 떠나지 않았음을 압니다. 죽음이 사람을 갈라놓을 수 없음도 압니다. 차가운 냉기 속에서도 당신의 체온을 느낄 수 있습니다. 칠흑 같은 어둠 속에서도 당신의 미소를 볼 수 있습니다. 소쩍새마저 잠든 밤에는 당신의 목소리를 듣습니다.

자시를 지날 무렵부터 비가 내렸습니다. 마당에 엎드려 졸던 개가 몸을 부르르 떨며 대청 아래로 기어듭니다. 비는 소리도 없었지만 저는 뜬눈으로 밤을 새웠습니다. 겉흙에 입힌 떼는 해가 바뀌어도 뿌리를 내리지 못했습니다. 당신은 어디에서 찬바람을 피하시는지요. 소리 내지 않고 일어나 안채로 연결된 중문의 고리를 비껴내고 방문 걸쇠를 풀어둡니다. 대청마루 삐걱대는 소리가 고요한 밤에 천둥처럼 크게 들립니다. 행여 누가 깨지는 않았을까요. 공연히 어른들께 걱정을 끼칠까 두렵습니다.

젖은 시간은 참 더디게 갑니다. 꽃향기 가득하고 나비가 날던 시절, 시간은 얼마나 우리를 재촉했는지요. 부산을 떨던 세월은 언제 그랬냐는 듯 뒷짐 지고 느릿느릿 걷습니다. 그렇게 더디 걷는 세월을 앞지를 수 없음이 안타깝습니다. 아무리 걸음을 빨리해도 느릿느릿 걷는 세월의 뒷모습만 보입니다. 어서 가자고 재촉해도 심술궂은 세월은 알미운 뒤통수만 흔들어댑니다.

사람은 떠난 후에야 비로소 그리워지는 법입니다. 하물며 우리는 함께 있어도 그리워했는데 당신이 가시고 없으니 그리움이야 오죽하겠습니까. 강물은 굽이굽이 만나고 헤어지기를 거듭하지만 끝내 다시 만나는 법이라고 하셨지요. 걸음을 재촉한 강물도, 더디 흐른 강물도 바다에서 만나기는 매한가지라고 당신은 힘겨운 목소리로 말씀하셨지요. 저는 당신이 힘겹게 이어가신 말씀을 잊지 않았습니다. 당신은 서둘러 떠나셨고 저는 남았지만 우리는 바다에서 만날 것입니다.

능소화

벌 나비가 찾지 않는 꽃

행랑채 아범 박 서방이 아침저녁으로 비질을 하지만 마당에는 잡풀이 무성합니다. 박 서방의 힘없는 비질이 지나고 난 자리에는 잡풀이 여전히 고개를 뻣뻣이 세우고 서 있습니다. 박 서방의 팔에서는 힘이 빠졌지만 새로 솟아나는 풀에는 생기가 넘칩니다. 사람은 나서 병들고 늙어 죽는데 세상은 변하지 않는 모양입니다.

꽃들은 피고 지기를 거듭하지만 벌과 나비가 찾지 않습니다. 빗물 머금은 나무는 여름 햇볕을 받아 무성하지만 새들은 더 이상 노래하지 않습니다. 승회, 당신은 얼굴도 보지 못한 아이입니다. 아장아장 걷던 승회가 뜀박질을 시작했고 제 형과 더불어 소리 내어 웃지만 웃음소리는 들리지 않습니다. 비 온 지 오래지만 젖은 기왓장은 좀처럼 마를 기미를 보이지 않습니다.

풍문도 많았습니다. 서방을 잡아먹은 년이라는 소문이 담을 넘어 안채까지 기웃거렸습니다. 어찌나 흉측한지 처음엔 깜짝 놀랐습니다. 시커먼 얼굴에 손질하지 않은 수염이 덥수룩한 소문은 누런 이를 드러내고 키들거렸습니다.

저는 갑자기 늙어버렸습니다. 아직 머리에 눈이 내릴 나이는 아닙니다. 가을바람이 불던 날 검은머리에 흰눈이 내렸습니다. 시아버님은 안채 건넌방 뒤에 별채를 새로 지었습니다. 하회당입니다. 굳이 제 생각을 물어 지으신 이름입니다. 강물처럼 돌아 흘러 만난다는 말입니다. 바라지창을 열면 후원의 장독대가 들어옵니다. 키 작은 산죽이 바람을 맞아 바스스 울고 장독대는 햇볕을 받아 빛납니다.

별채에 앉으면 더 이상 소문이 들리지 않습니다. 소문은 더 이상 담을 넘어 기웃거리지 못합니다. 제 울음소리도 더 이상 담을 넘지 않습니다. 아무도 제 울음소리를 들을 수는 없습니다. 거기에 앉으면 가까운 곳이나 먼 곳에서 나는 소리가 들리지 않습니다. 사람들은 제 울음소리를 잊었지만 저는 울기를 멈추지 않았습니다.

봄이 가고 여름이 가고, 가을과 겨울이 오고 갔습니다. 풍문과 소문은 연기처럼 사라졌지만 저는 별채에 앉아 울기를 멈추지 않았습니다. 집 뒤란 너머 대숲이 두런두런 이야기를 나누고 연못에서는 빗살 같은 물결이 일어났다가 사그라집니다. 왔다가 떠날 바람이 다시 찾아왔는가 봅니다.

능소화

사랑채를 허물고

시아버님이 머무시던 사랑채를 허물었습니다. 낡은 데다 기와 얹은 지붕에서 비가 샜습니다. 시숙은 사랑채를 허물고 그 자리를 비워둘 것이라고 했습니다. 그리고 더 늙어 수염이 반백이 됐을 때 다시 지어 들어가리라 하셨습니다.

소문은 얼마나 빠른지요. 집 헌다는 소리에 여기저기서 소목장들이 지게를 지고 몰려왔습니다. 하루에 한두 명씩 닷새 넘게 사람들이 기웃거렸습니다. 영주에서 온 소목장이 있었고 봉화에서 온 소목장도 있었습니다. 맨 나중에 멀리 경주에서 온 소목장은 빈손으로 돌아서야 했습니다. 소목장들은 저마다 입맛에 맞는 나무를 챙겨서 돌아갔습니다. 기둥과 들보는 말할 것도 없고 사랑방 뒤에 두었던 오래된 나무 절구통에 눈독을 들인 소목장도 있었지요.

가구 짓는 소목장들은 어디서 집 헌다는 소문이 들리면 천 리 길도 마다 않고 찾아다닙니다. 나무는 물기가 빠지면서 뒤틀리고 줄어들어 모양이 바뀐다고 당신이 말씀해주셨지요? 물기가 다 빠지지 않은 나무로 가구를 만들었다가는 낭패를 보기 십상이라고 하셨지요? 소목장들이 집 헌다는 소문이 들리면 천 리 길을 마다 않고 찾아가는 까닭이 거기에 있다고 하셨지요?

　당신이 살아 계시던 때 친정집에서도 별채 하나를 헐었지만 백 리를 달려온 소목장들은 빈손으로 돌아서야 했습니다. 당신은 허문 별채에서 나온 나무를 자투리 하나 버리지 않고 챙겼습니다. 그 나무 모아 옷장 짜고, 상자 짜고, 책상도 짰습니다. 손가락이 맞물린 것처럼 양쪽 나무가 서로 맞물리게 사개짜임으로 옷장을 짰고, 다리를 끼울 때는 직각으로 목재를 연결하고 장부짜임과 연귀짜임으로 멋과 단단함을 얻어냈습니다. 잘라낸 나무를 붙이고 떼기를 거듭했지만 못 하나 쓰지 않았습니다. 그런 기술을 언제 누구한테 배우셨는지요? 이제 사랑채 허물고 좋은 나무들이 나왔지만 작은 책상 하나 짜 맞출 사람이 없습니다.

친정으로 돌아와서

홍구의 친정으로 돌아왔습니다. 거기서 죽고 싶었지만 어쩔 수 없었습니다. 어른들과 친지들이 결정하신 일입니다. 시아버님은 살아 계실 때 제 얼굴을 마주하시는 것을 무척 힘들어하셨습니다. 시아버님은 단 한번도 당신의 마음속 고통을 내색하지 않으셨지만 그 깊은 뜻을 제가 어찌 모르겠습니까. 당신이 떠나고 작은아버님께 하운 스님의 예언을 들었습니다. 시아버님이 그동안 얼마나 마음을 졸이며 살아오셨는지 친정아버지와 어머니의 가슴 졸임을 보아온 저는 짐작하고도 남습니다. 시아버님이 돌아가시고 일가친척들이 결정하신 일입니다. 어찌할 도리 없는 일입니다. 당신과 함께 천렵하던 반변천은 여전히 소리 내며 흐르지만 냇가를 메우던 웃음소리는 사라지고 없습니다. 미름米廩(쌀창고)은 비어 있고, 뜰에는 잡초가 무성합니다. 당신이 호랑이를 잡으려고 만드신 벼락틀은 비 맞고 바람 들어 버섯이 자랍니다. 호랑이를 잡아야 할 벼락틀이 버섯에 허물어집니다. 당신이 먼저 떠나시고 그 해 가을 친정아버지가 떠나셨습니다. 친정아버지는 고운 사위 잃은 아픔을 견디지 못하셨습니다. 더 이상 손들은 찾아오지 않고 문지방엔 먼지가 보얗게 앉았습니다. 사계절 제철 따라 꽃이 피던 담벼락엔 칡넝쿨이 기어오릅니다. 이 모두가 당신이 계시지 않기 때문임을 저는 압니다.

함께 먼 길을 온 아이들은 '여기가 외갓집'이라며 경중경중 뛰어다녔습니다. 아이들은 마당 흙을 파며 놀다가 함께 온 막종이를 따라 안동으로 돌아갔습니다. 낮잠이 든 승회를 막종이가 등에 업고 떠났습니다. 아무것도 모르고 쌔근쌔근 잠자던 우리 승회, 깨고 나서 엄마가 없으면 울 텐데요. 엄마가 보고 싶다고 얼마나 울어 젖힐까요. 한번 울면 쉬이 그치는 아이가 아닙니다. 막종이가 승회의 서러운 울음을 어떻게 달랠까요. 고샅을 나서던 원이는 자꾸 뒤를 돌아보며 "엄마는 왜 같이 가지 않느냐"고 묻습니다. "곧 따라가마"라고 말하고 초당으로 들어와 소리 죽여 울었습니다. 방문 열고 들어온 친정어머니가 제 어깨를 붙잡고 오래오래 우셨습니다. 박복한 저는 기어이 어머니 가슴에 대못을 박고 말았습니다. 막종이 등에 업혀 잠자던 승회의 작고 측은한 어깨를 지울 수가 없습니다.

능소화

봄

남쪽 가지에는 꽃이 피었는데 북쪽 마른 가지에는 겨울바람이 입니다. 봄나물 캐서 돌아오는 아낙들의 노래가 시끄럽습니다. 광주리마다 한가득 담긴 웃음소리가 걸음을 옮길 때마다 철철 넘칩니다. 계곡 물은 시끄럽게 떠들어대고 물고기들은 요동치며 물을 거슬러 오릅니다.

우리 함께 걷던 개울가엘 갔습니다. 당신과 제가 원이의 손을 잡고 걷던 날, 길 아래 개울에서는 노랫소리가 들려왔고, 풀과 바람에는 단내가 묻어 있었습니다. 길가 수양버들은 능청댔고, 꽃송이 속에 머리를 박은 벌들이 종일 잉잉댔습니다.

그런 봄입니다. 삼라만상에 꽃 비단이 펼쳐졌지만 안채 마당에는 눈이 바람에 날립니다. 봄인 줄 알고 장지문을 열어놓았더니 겨울바람이 휑하니 쓸고 지납니다. 당신 계신 그 먼 땅에도 봄이 왔습니까? 능청대던 수양버들 오간 데 없고 눈비만 어지러이 흩날립니다. 개울물은 더 이상 노래하지 않고, 바람에는 날카로운 쇠 비린내만 가득합니다. 다정했던 길은 멀기만 하고, 힘없는 제 몸뚱이는 비척비척 치맛자락을 밟습니다.

탁면을 만들며

아침을 먹고 상주댁을 시켜 녹두를 물에 불렸습니다. 우리가 즐겨 먹던 탁면을 만들 요량입니다. 식구는 적지만 녹두를 넉넉히 불렸습니다. 당신이 맛있게 많이 드실 것임을 알기 때문입니다. 반나절쯤 녹두를 물에 불려 껍질을 벗기고 갈아서 가루를 만드는 법을 알려준 사람도 당신입니다.

갈아낸 녹두를 곱게 걸러내라고 했더니 부엌일 잘하는 상주댁도 어찌할 줄을 모릅니다. 그네가 걸러낸 녹두가루는 거칠어서 면을 만들 수 없습니다. 그럴 수밖에요. 상주댁이 가는 체에 걸러낸 녹두를 제가 모시로 다시 걸렀습니다. 고운 가루를 얻으려면 모시로 걸러야 한다고 당신이 말씀해주셨지요. 알고 보니 시어머니의 솜씨였습니다.

녹두를 갈아 짜낸 물을 그릇에 담아 두었다가 윗물을 버리고 가라앉은 녹말을 떠서 한지에 놓고 말렸습니다. 다 마른 녹말가루를 곱게 빻아 물에 타서 익혔습니다. 펄펄 끓었을 때 문득 찬물에 담가 떼어내고 썰었습니다.

오미자차를 부어 먹을까요? 아닙니다. 당신이 좋아하던 생치를 푹 삶아 미리 육수를 내놓았더랬습니다. 날씨가 더웠지만

189

능소화

생치 육수를 붓고 뜨뜻하게 먹었습니다. 생치 향이 구수한 탁면을 배불리 먹고 툇마루에 앉아 먼 데를 봅니다.

술을 빚으며

친정아버지는 술을 좋아하시지 않았습니다. 손들이 와서 함께 몇 잔을 마시면 이내 얼굴이 붉어지셨습니다. 맨 처음 당신과 마주 앉아 청주를 마시던 날 아버지는 종일 미소를 지우지 않으셨습니다. 아마 친정아버지가 그처럼 기분 좋게 술을 많이 마신 것은 그때가 처음일 겁니다.

아버지는 이렇게 말씀하셨습니다. 우리 사위는 인물이 이렇게 좋구나. 우리 사위는 키가 이렇게 크구나. 우리 사위는 손이 듬직하구나. 우리 사위의 어깨는 이렇듯 힘이 있구나. 우리 사위는 이렇게 사냥을 잘하는구나. 우리 사위는 이렇게 지게가 잘 어울리는구나. 우리 사위는 잠을 이렇게 잘 자는구나. 우리 사위는 이렇게 술을 잘 마시는구나. 우리 사위는 이렇게 밥을 잘 먹는구나. 우리 사위는 이렇게 목소리가 크구나.

술 잘 마시고, 목소리 큰 것이 무슨 큰 자랑이겠습니까. 그러나 친정아버지에게 당신은 친자식이었습니다. 무슨 일을 해도 어여쁘고, 무엇을 맡겨도 걱정이 없을 믿음직한 자식 말입니다. 부모님께 저는 걱정거리였습니다. 일곱 살 이후, 옆집 일꾼 종니가 죽은 여덟 살 때부터였던가요? 어쩌면 어머니와 아버지는 그

전부터 불운을 안고 살아오신 것인지도 모르겠습니다. 그렇지 않고서야 떠돌이 중의 한마디에 그처럼 안절부절못했을까요?

친정에서도 여느 양반집처럼 철마다 술을 담그기 시작한 것은 당신이 저와 결혼하고 친정에 머물기 시작하면서부터입니다. 술을 마실 사람이 생겼고, 술을 마실 벗을 끌고 집안을 왁자하게 만들 사람이 생겼기 때문입니다. 그보다는 미더운 사위를 얻고 나서야 아버지도 술을 가까이하실 엄두를 내셨는지도 모릅니다.

정월에는 솔술을 담갔고, 이월에는 매화주를, 삼월에는 진달래 붉은 꽃잎을 따다가 술을 담갔습니다. 친정집에서는 삼짇날 진달래꽃으로 화전을 부쳐 먹었지만 당신이 우리 집으로 오신 뒤로 진달래꽃을 따다가 두견주를 담갔지요. 아버지는 꽃에 꿀이 많아 술에 단내가 난다며 두 잔을 거푸 마시곤 했습니다. 사월에는 난초뿌리를 캐내서 술을 담갔습니다. 꽃도 줄기도 시들어 죽은 줄 알았는데 난초는 살아 있었습니다. 그 향이 얼마나 좋은지 향기를 맡아보라며 징그러운 난초뿌리를 제 코앞으로 쑥 내밀며 웃던 당신의 웃음소리가 귓가에 들리는 듯합니다.

아이가 다녀갔습니다

　몸뚱이는 이전의 몸뚱이가 아닙니다. 자리를 털고 일어서려면 끙 소리가 제 먼저 알고 입 밖으로 튀어나옵니다. 행여 친정 어머니가 들으실까 두려워 아랫배에 잔뜩 힘을 주고 입단속을 해야 합니다.

　안동에서 원이가 다녀갔습니다. 키가 훌쩍 커버린 원이에게서는 언뜻언뜻 청년 티가 납니다. 키가 큰 원이의 걸음걸이가 당신의 걸음걸이와 무척 닮았습니다. 땅거미가 내릴 무렵 저 혼자 마당을 거니는 원이를 보고 깜짝 놀랐습니다. 세월은 강철을 녹이고도 남을 힘이 있다고 했던가요. 그러나 세월이 흘러도 변하지 않는 것들이 있음을 저는 자주 확인합니다. 원이를 따라온 막종이는 "승회 도련님도 서방님을 쏙 빼닮았습니다" 하고 묻지도 않은 말을 합니다.

　당신은 어디에 계시는지요? 가끔 안동 집에 들러 아이들 얼굴이라도 보시는지요? 아이들 꿈에라도 자주 오셔서 이야기를 나누시는지요? 제 꿈에 오시듯 아이들 꿈에도 오셔서 당신과 제 이야기를 들려주면 얼마나 좋겠습니까.

눈 내린 아침

간밤에 눈이 소복이 내렸습니다. 장지문 안으로 들어온 산과 들은 하얘서 원근을 분간할 수 없습니다. 눈 내리는 밤은 왜 그다지도 조용할까요. 지난밤에는 바람소리마저 들리지 않더이다. 그렇게 고요하더니 아직 어스름한 새벽인데 세상은 희뿌옇게 밝아 있습니다.

오늘처럼 눈이 많이 내린 날 아침이면 당신은 설피 신고 어깨에 활 메고 산으로 들어갔습니다. 수북이 쌓인 눈에 발이 푹푹 빠져 사람도 짐승도 오가지 못하는 눈길을 설피 신은 당신은 뛰듯이 달렸습니다. 아버지는 이 삼동三冬에 무슨 사냥이냐고 걱정하셨습니다. 당신이 산에 들어가 있는 낮 동안 여러 번 대청에 나와 눈 쌓인 앞산을 바라보셨습니다. 아버지는 하얀 입김을 자주 쏟아내셨습니다. 걱정이 되셨던 것이지요. 해 질 무렵 설피 신고 산짐승 가죽 외투 입은 당신이 토끼 두 마리와 비쩍 마른 여우 한 마리를 잡아 집으로 돌아오셨을 때 아버지는 벌어진 입을 다물지 못했습니다. 장한 사위인 줄이야 진작에 아셨지만 허리만큼 눈 쌓인 산에서 산짐승을 잡아오리라고는 기대하지 못하셨던 것입니다.

194

그날 저녁엔 토끼 고기 굽는 냄새가 담을 넘어 마실로 나갔습니다. 이웃에 사시는 어른들이 눈밭을 헤치고 "이 사람 정주 집에 있는가" 하며 아버지를 찾아오셨습니다. 일부러 사람을 보내 부르지 않았어도 마을 어른들은 고기 굽는 냄새로 당신이 사냥감을 넉넉히 잡아오신 줄 아셨던 것입니다. 어머니는 청주 두 병과 잘 구운 토끼 고기 두 접시를 사랑방으로 들여보냈습니다. 눈 내리던 날 밤 사랑방 불은 늦게까지 켜져 있었습니다. 그 모든 기쁨이 당신에게서 비롯됐음을 저도 알고 부모님도 아시고, 동네 어른들도 모두 아셨습니다.

다시 눈이 내렸지만 설피를 꺼내 신을 사람도, 눈밭을 헤치며 "이 사람 정주 있는가" 하며 우리 집을 찾아오실 손님도 없습니다. 사랑방에는 웃음소리 사라진 지 오래고 호롱불 꺼진 지 오래입니다.

대보름을 준비하며

대보름이 며칠 앞으로 다가왔습니다. 부럼을 깐다, 오곡밥을 짓는다, 귀밝이술을 담근다며 이웃들은 분주합니다. 당신은 너그러운 분이셨습니다. 무인 집안 사람의 고집을 피우지 않았습니다. 무인은 분명한 적과 싸우는 사람이라고 입버릇처럼 말씀하셨지만 정월 보름이면 어김없이 달을 보며 풍년 농사를 빌었습니다. 당신이 두 손을 모아 비는 모습은 여느 촌부들처럼 어울리지는 않았습니다. 어딘가 어색하고 웃음이 나오는 때도 있었습니다. 옆에 선 제가 소리 내어 웃을 때도 당신은 빌기를 멈추지 않았습니다. 당신이 보름달을 향해 비는 모습을 보고 있노라면 아직 씨앗을 뿌리지도 않았지만 누렇게 익은 논밭을 눈앞에 보는 듯했습니다. 하기야 당신이 우리 집으로 오시고 어느 핸들 풍년 아니 든 해가 있었는지요. 지성이면 감천이라는 말은 빈말이 아니었습니다. 당신은 보름달을 보며 진정으로 빌었고 보름달은 풍년 농사를 약속했습니다. 참으로 등 따습고 배부른 날들이었습니다.

대보름이 한참 지나도 산 속 골짜기에는 아직 눈과 얼음이 남아 있었습니다. 그런 날에도 당신은 밭으로 나가 굳은 땅을 헤

196

집었습니다. 솔가지를 찍어다가 울타리를 새로 하고 집 안팎 흙 담도 손을 봤습니다. 바람 나는 벽엔 흙을 발랐고, 창호를 막고 쥐구멍을 막았습니다. 겨우내 얕아진 개천도 쳐 올렸습니다. 날 이 풀리고 비가 내리면 살찐 물고기들이 개천을 따라 올라올 것 이라고 했습니다. 그런 날이 오면 함께 개천에 나가 물고기를 잡 자고 하셨습니다.

당신은 귀하게 자란 몸이지만 농가의 일을 농부보다 더 잘 알았습니다. 그루갈이 모 심기에 소의 힘을 빌리려면 잘 먹이고 돌봐야 한다며 겨우내 부지런을 떨었습니다. 끼니를 거를지언정 소 돌보기를 게을리 하지 않았습니다. 보리짚을 말리고 솔가지 를 많이 쌓아 장마 걱정을 없도록 했습니다. 한겨울을 보내고 얼 음이 녹을 무렵이면 다른 집 소들보다 두 배쯤 살찐 우리 집 소 가 외양간을 나와 느릿느릿 밭으로 나가곤 했습니다. 그 뒷모습 이 얼마나 듬직했는지 눈물이 날 뻔했습니다.

기억하고 계시는지요. 몇 해 전 유월 늦여름엔 큰비가 내리 고 더위가 극심했습니다. 천지는 초록으로 무성했고, 파리와 모 기가 어지럽게 날아다녔습니다. 당신은 참개구리 소리를 들으며 봄보리, 밀, 귀리를 차례로 걷어들이고 늦은 콩, 팥, 조, 기장을 심어 땅이 쉬지 않도록 했습니다. 쉴 틈 없는 땅이 지치지 않도

능소화

록 김매기를 게을리 하지 않았습니다.

장마가 지난 뒤에는 집 안을 돌며 곡식에 바람을 쐬었습니다. 집 뒤 거친 땅을 갈아엎어 가꾼 면화밭을 자주 살펴 일찍 익은 목화가 피었는지 살펴 거둘 채비도 하셨지요. 저는 당신을 따라다니며 옷가지와 베갯잇을 말렸습니다. 눅눅하던 옷가지와 이불은 한나절 햇볕에 바스락 소리를 낼 만큼 까슬까슬했습니다. 그런 날은 이제 다시 오지 않습니다.

이 슬픔을

며칠 전 꿈에 팔목수라가 나타나 괴이한 소리를 내며 웃었습니다. 당신이 떠나고 사라진 줄 알았던 괴물이 떠나지 않고 서성거렸습니다. 그 낯에 침을 뱉어주고 돌아서는데 원이가 저쪽에서 울면서 걸어왔습니다. 아이를 보자 울컥 눈물이 났습니다. 달려가 원이를 안으며 왜 우느냐고 몇 번이나 물었지만 원이는 대답이 없습니다. 겁이 났습니다. 두려운 마음에 뒤를 돌아보니 팔목수라가 서 있었습니다. 그 두려운 마음을, 그 막막한 절망을 어떻게 이야기해야 할까요. 가위에 눌려 소리치고 몸부림쳤습니다. 잠에서 깨고 싶어 몸부림치고 고함을 쳤지만 목소리는 입 밖으로 나오지 않고 저는 깨지 못했습니다. 놀란 어머니가 달려와 제 몸을 흔들어 깨우고 나서야 겨우 눈을 떴습니다. 식은땀에 요가 축축하게 젖어 있었습니다.

새벽에 일어나 잠들지 못하고 아침을 맞았습니다. 그날 아직 해가 중천에 뜨지도 않았을 때 안동 시댁에서 기별이 왔습니다. 원이가 세상을 떠났다고 합니다. 며칠 전부터 앓아누웠답니다. 건강한 아이라 툭툭 털고 일어날 줄 알았는데 어젯밤 갑자기 떠났다고 합니다. 앓던 원이는 떠나기 전날 어미인 저를 찾았다고 합니다. 혼절한 아이가 어머니, 어머니 하고 몇 번이나 저를 불렀다고 합니다. 나는 어째서 내 아이의 애달픈 목소리를 듣지 못했을까요. 원망스럽고 또 원망스럽습니다. 나는 귀머거리처럼 사느라 내 아들의 울음 섞인 마지막 목소리조차 듣지 못했습니다.

어째서, 어째서 제가 이런 일을 겪어야 하는지요. 야속하고 또 야속합니다. 눈물이 멈추지 않습니다. 어떻게 안동엘 다녀왔는지, 시댁에서 제가 무엇을 했는지 통 기억나지 않습니다. 그저 울다가 혼절하기만 거듭했습니다. 세상은 왜 이다지도 잔혹한지요. 도대체 제가 무슨 잘못을 저질렀는지요. 어째서 우리 가족이 이런 벌을 받아야 하는지요. 꿈에서 팔목수라가 한 이야기는 사실일까요. 그 사악한 팔목수라가 제게 이런 고통을 안겨주는 것인지요. 정말이지 모르겠습니다. 당신이 좀 알려주세요. 이 찢어지는 고통을 어찌 달래야 할까요. 제가 어떻게 이 고통을 이기며 살아갈 수 있겠는지요. 대체 어째서 제가 이런 고통을 겪어야 하는지요. 당신 잃고 원이 잃고 제가 어찌 하루라도 더 살 수 있겠는지요. 세상이 온통 허연 이를 드러내고 으르렁댑니다. 이 슬픔을 저는 어찌해야 할까요.

능소화를 심으며

천지에 가득하던 봄꽃은 장맛비를 따라 떠났습니다. 세월이 부질없이 오고갔지만 저는 이 슬픔을 이길 수 없습니다. 어여쁜 당신을 잊을 도리가 없습니다.

저는 소화에 숨은 비밀을 알았습니다. 이전에 당신이 책 읽고 뛰어놀던 안동 집 안팎엔 소화가 지천으로 피어 있었다고 하셨지요? 제가 시집오기 전에 아버님이 모두 뽑아버리셨다고 하셨지요. 저는 소화꽃에 숨어 있는 시퍼런 사연을 알았습니다. 흉포한 운명이 당신을 데려가고 원이를 데려가고 저만 남겨 고통을 짓씹게 했습니다. 운명은 사람의 인격과 육체를 가둔다고 하지요. 운명을 거부하며 몸부림치는 사람은 절망을 확인할 뿐이라고 하지요. 허나 저는 다시 소화를 심습니다. 꽃은 계절에 맞춰 피고 질 것입니다. 햇볕을 반겨 피는 소화는 팔목수라도 어쩌지 못할 것입니다. 소화와 더불어 저는 당신이 다시 오실 날을 기다릴 것입니다. 붉고 큰 꽃을 피워 멀리서도 당신이 알아볼 수 있게 할 것입니다.

당신은 친정집 담 밖으로 핀 소화꽃을 보고 저를 알아보셨다 하셨지요. 오늘 뒤뜰에 한 그루 남은 소화에서 가지를 넉넉히

201

꺾어 부드러운 땅에 묻고 물을 뿌렸습니다. 달포가 못 되어 성긴 뿌리가 나올 테지요. 뿌리 먼저 난 나무는 서둘러 캐어 당신 무덤 앞에 심고, 나머지는 저 죽거든 무덤 앞에 심어달라고 단단히 일러두었습니다. 상주댁이 놀란 눈으로 저를 봅니다. 밝은 미소 지었더니 그제야 그니의 얼굴이 풀립니다.

담 안팎에 어제 심은 소화의 이름을 능소화凌霄花라 하였습니다. 하늘을 능히 이기는 꽃이라 제가 이름지었습니다. 저는 팔목수라가 가둔 우리의 운명을 거역할 것입니다. 오래전에 팔목수라는 말했습니다. 사람이 잊지 못할 추억은 없다고, 사람이 이기지 못할 슬픔은 없다고, 아물지 않을 상처 따위는 없다고 말입니다. 그러나 저는 남편 잃고 자식 잃은 슬픔을 잊을 수도, 이길 수도 없습니다. 우리가 함께 거닐던 날들을 잊지 못합니다. 이제 능소화를 심어 하늘이 정한 사람의 운명을 거역하고, 우리 다시 만날 날을 기다립니다.

바람이 불어 봄꽃이 피고 진 다음, 다른 꽃들이 더 이상 피지 않을 때 능소화는 붉고 큰 꽃망울을 터뜨려 당신을 기다릴 것입니다. 큰 나무와 작은 나무, 산짐승과 들짐승이 당신 눈을 가리더라도 금방 눈에 띌 큰 꽃을 피울 것입니다. 꽃 귀한 여름날 그 크고 붉은 꽃을 보시거든 저인 줄 알고 달려와주세요. 저는 붉고 큰 꽃이 되어 당신을 기다릴 것입니다. 처음 당신이 우리 집 담 너머에 핀 소화를 보고 저를 알아보셨듯, 이제 제 무덤에 핀 능소화를 보고 저인 줄 알아주세요. 우리는 만났고 헤어지지 않았습니다.

곡기를 끊었습니다. 사흘 동안은 물을 마셨지만 이제 물마저 끊었습니다. 이렇게 곡기와 물기를 끊어 저는 당신과 아이가 있는 곁으로 갈 작정입니다. 오늘 아침에 일어났을 땐 눈앞이 흐릿했습니다. 이제 저는 낯익지만 모진 세상과 작별하고 정다운 사람들 곁으로 갑니다.

시들지 않는 처연한 아름다움

간밤에 눈이 소복이 내렸습니다. 장지문 안으로 들어온 산과 들은 하얘서 원근을 분간할 수 없습니다. 눈 내리는 밤은 왜 그다지도 조용할까요. 지난밤에는 바람 소리마저 들리지 않더이다. 그렇게 고요하더니 아직 어스름한 새벽인데 세상은 희뿌옇게 밝아 있습니다.

여늬는 자살을 암시하는 것으로 편지를 마쳤다. 임진란에 참전한 일본군 통역병 모리타 나오토가 편지 중에 일부를 남기고 가져갔을 가능성은 희박했다. 게다가 여늬가 남긴 글의 내용으로 보아도 더 이상의 글은 없어 보였다. 여늬는 스스로 곡기를 끊고 그렇게 죽은 것일까. 어쨌든 기타노 교수가 보내온 글의 내용대로라면 여늬는 임진왜란 통에 죽은 것이 아니라 스스로 죽음을 택한 것으로 보였다.

여늬가 자기 부부의 사연을 후세에 남기고 싶어 글을 남긴 것은 아닌 듯했다. 그런 생각을 했더라면 일기글 앞이나 뒤에 날짜는 물론이고 자신의 고향과 부모에 대해서도 소상히 밝혔을 것이다. 그러나 여늬는 일기글에 가족관계를 추론할 수 있는 이야기와 친정이 진보현 홍구라는 내용 외에 자신과 집안에 대한 이야기를 거의 남기지 않았다. 아버지와 어머니가 누구인지조차 알 수 없었다. 일기글에는 남편 응태가 죽은 후 친정으로 돌아가 살았다는 내용이 있었다. 그렇다면 이 일기가 어떻게 다시 안동의 시댁으로 돌아온 것일까. 여늬가 죽은 후 유품을 안동 시댁에 사는 둘째 아들 승회에게 보낸 것이라고 짐작할 수밖에 없었다. 여늬의 부모가 먼저 죽었음을 가정한다면 유품은 당연히 안동에 사는 아들에게 전해졌으리라. 이런 추론이 맞는다면 여늬는 친정인 홍구에서 죽었고, 무덤이 그 동네 어디쯤 있을 것이다. 무덤을 찾아나서기 전에 나는 고성 이씨 족보를 다시 확인했다. 과연 응태 아래에 승회가 있었다. 편지 형식의 글을 쓴 여인은 틀림없이 이응태의 아내 여늬였다.

여늬는 글에서 자신은 하늘의 운명을 거역할 것이며 능소화를 심어 이응태와 다시 만나리라 다짐하고 있었다. 응태와 여늬는 능소화 곱게 피던 날 만났고 능소화 만발한 여름날 헤어졌다. 그리고 다시 능소화를 피워 남편이 자신을 찾아올 수 있도록 하겠다고 했다. 또 응태의 무덤에도 소화꽃을 심었다고 나와 있다. 무덤에서 나온 글에 자주 등장하는 소화꽃은 다름 아닌 능소화꽃이었다. 여늬는 소화를 하늘을 이기겠다는 뜻을 담아 능소화라 스스로 이름지은 것이다. 능소화의 뜻이 능가할 능凌, 하늘 소霄임은 우연이 아닌 듯했다.

나는 얼른 『원색식물도감』을 펼쳤다.

'능소화, 한반도 중부 이남에 심어 기르는 잎 지는 덩굴나무. 줄기가 길게 뻗는 데다가 곳곳에 뿌리를 내리며 담이나 나무에 붙어 자란다. 칠월과 팔월에 깔때기처럼 생긴 진한 귤빛 꽃이 핀다. 시들지 않고 송이째 떨어져 처연한 아름다움을 더한다.'

시들지 않고 송이째 떨어진다는 설명에서 나는 서늘함을 느꼈다. 꽃은 스스로 죽기를 작정하고 굶어서 죽은 여늬를 닮은 듯했다. 어쩌면 죽어서도 썩지 않은 응태를 닮은 듯도 했다. 여늬는 글에서 남편의 무덤과 자신의 무덤에 능소화를 심겠다고 했다. 그렇다면 이응태의 무덤 주변에도 능소화꽃이 있어야 했다. 나는 무덤 발굴 당시의 신문기사를 다시 살폈다. 어느 신문에도 이응태의 무덤 주위에서 능소화꽃이 발견됐다는 내용은 없었다. 발굴 당시의 기억을 더듬어보았지만 내게도 특별히 붉고 큰 꽃을 본 기억은 없었다. 나는 경상북도 문화재 관리과에서 작성한 발굴 당시 기록을 살폈다.

'덩굴나무와 잡목, 잡초로 둘러싸인 낮은 봉분……'

'능소화'

덩굴나무, 덩굴나무……. 능소화는 칠월과 팔월에 피는 꽃
이다. 응태의 무덤이 발굴된 때는 사월이었다. 사람들이 덩굴나
무를 발견했을 뿐 사람들 눈에 확 띄는 꽃송이를 발견하지 못한
것은 당연했다.

창밖은 찌는 듯 더운 바람과 뜨거운 햇볕이 쏟아지고 있었
다. 계절은 능소화 피는 칠월이었다. 기타노 교수가 팩스로 보내
준 여늬의 글에는 친정 홍구로 돌아왔다는 내용이 있었다. 당시
홍구리라면 진보현에 속했다. 지금의 경상북도 영양군 입암면이
다. 어쩌면 여늬의 무덤을 찾아낼지도 모른다는 홍분에 나는 담
배를 문 채 서둘러 연구실을 나와 복도를 성큼성큼 걸었다. 여학
생 두 명이 지나치며 인사를 했지만 누구인지 기억나지 않는다.
능소화, 능소화라……. 영양군 입암면 어디에서 능소화 만발한
무덤을 찾을 수 있다면, 그곳이 여늬의 무덤일 것이다.

마침 방학 중이었고 학교를 비운다고 해도 별 무리는 없었
다. 차를 타고 영양으로 가면서 조교에게 전화로 당분간 학교에
나올 수 없다고 짧게 말했다. 새학기엔 연차 순서대로 돌아오는
단과대학장을 맡아야 할 가능성이 높았고, 그와 관련해 이런저
런 모임이 있었지만, 어디를 간다거나, 언제쯤 학교로 돌아오겠
다고 말하지 않았다.

나는 영양으로 곧장 달려가 입암면 일대를 모조리 뒤졌다.
영양군 지리에 익숙한 동네 사람들은 물론이고 그 지방의 등산
가들과도 접촉했다. 영양군청에 연락해 이 지역에서 자주 측량
작업을 맡은 기술자들을 만났고 심마니와 땅꾼들도 만났다. 안
동의 집으로 돌아가지 않고 영양의 여관에서 머물렀다. 그중 나
흘은 심마니들과 소주를 마시고 함께 자기도 했다. 계절이 바뀌
고 능소화가 지고 나면 찾기는 훨씬 어려워질 것이 분명했다. 나
는 마음이 급했다. 심마니들과 땅꾼, 등산가들에게 크게 확대한
능소화 컬러사진을 한 장씩 쥐여주었다.

우리는 영양군 입암면 일대의 모래알까지 헤집었고 끝내 붉
은 꽃이 병풍처럼 둘러싸인 둔덕을 찾아냈다. 붉고 큰 꽃 가운데
에 허물어질 대로 허물어진 작은 무덤 하나가 앉아 있었다. 영양
일대를 샅샅이 뒤지고 다닌 지 십삼 일 만이었다. 경상북도 영양
군 입암면 신구리 산 823번지, 마을에서 얼마 떨어지지도 않은
산기슭이었다. 근방 어디에도 없는 능소화가 만발한 곳, 그 안에
들어앉은 오래된 봉분, 쿵쿵 뛰는 심장을 가눌 수 없었다.

여늬의 고향으로 추정되는 영양군 입암면은 응태의 집이 있
던 안동에서 백 리가 좀 안 되는 거리였다. 요즘 잘 닦아놓은 길
을 따라서 걸으면 여덟 시간쯤 걸릴 거리였다. 길이 험했던 당시

211

에는 하루 종일 걸어가야 할 거리였을 것이다.

산자락에서 내려다보는 마을은 한눈에 보기에도 아늑했다. 북쪽으로 무이산과 서쪽으로 영등산, 남쪽으로 비봉산이 병풍처럼 둘러선 동네였다. 북서쪽으로 커다란 바위가 날개를 편 듯 우뚝 솟아 있고 마을 앞으로 반변천이 흘렀다. 여늬의 편지글에 등장하는 마을 앞 냇가가 틀림없었다. 예부터 홍구는 살기 좋고 인심 좋아 영양에서도 손꼽히는 고장으로 이름나 있었다.

여늬는 이곳에서 태어나고 자라서 능소화 만발한 여름날 응태를 만난 것일까. 응태와 더불어 사랑하고 평화로운 날들을 보낸 곳이 이곳이 맞을까. 간사이 대학교의 기타노 교수가 가져온 일기대로라면 홍구는 여늬의 고향이 틀림없다. 만약 여늬가 일기에 쓴 대로 자신의 무덤 주위에 능소화나무를 심도록 당부했다면 여기가 여늬의 무덤일 가능성이 높았다. 근방을 샅샅이 뒤졌지만 어디에도 또 다른 능소화 군락은 없었다.

그러나 따지고 보면 능소화나무는 어디든 자랄 수 있다. 설령 근방 백 리 안에 능소화나무가 단 한 그루도 없다고 하더라도 이 무덤을 여늬의 무덤으로 단정할 수는 없었다. 군청과 면사무소를 오고갔지만 무덤의 연고자를 찾을 수 없었다. 일대를 모두 수소문했지만 언제 조성됐는지 어느 집안의 묘인지 알 수 없었다. 이 지역의 일간지 두 곳에 광고를 냈지만 연락을 해오는 사람은 없었다. 연고도 후손도 없는 무덤 앞에서 나는 망설였다.

'이게 무슨 어리석은 짓인가. 주변에 능소화가 만발하다는 사실 외에 여늬와 연결해줄 아무런 단서는 없지 않은가. 무덤을 파헤친다고 해서 이 무덤에서 여늬에 대한 어떤 새로운 이야기가 나올 리 만무하지 않은가.'

그러나 확인하지 않을 수 없었다. 지금에 와서 덮어둘 수는 없었다. 이곳이 설령 여늬의 무덤이 아니어도 어쩔 수 없는 노릇이었다. 여늬의 흔적을 찾아낼 수 없더라도 확인하지 않을 수 없었다.

무덤에서는 어떤 단서도 나오지 않았다. 유골은 흔적조차 없었고 나지막한 봉분 아래엔 검은흙이 전부였다. 예상한 일이지만 전신에서 힘이 쭉 빠졌다. 마을 근처에 연고 없는 옛 무덤이 서너 개 더 있었지만 손대지 않았다. 무덤 중에 유독 능소화 나무를 성벽처럼 두르고 앉은 무덤은 이 무덤뿐이었다. 나는 준비해 간 소주와 마른안주로 간단히 제를 올리고 봉분을 덮었다. 그리고 해가 서산으로 기울 때가지 그 자리에 앉아 있었다. 막 떠나려는데 무덤을 둘러싸고 핀 능소화 한 송이가 툭 떨어졌다. 꽃은 시들지 않고 원래 모습 그대로 지고 있었다.

일꾼들이 내려가고 나는 혼자였지만 왠지 누군가가 옆에 있다는 느낌이 들었다. 설명하기 힘든 느낌이지만, 마치 능소화 만발한 무덤가 어디쯤, 내가 오래 앉아 있었던 거기 어디쯤, 여늬와 웅태 부부가 다정히 손잡고 거니는 듯했다. 능소화꽃이 피고 지고, 또 피는 한 그들 부부는 길을 잃지 않고 다시 만나리라. 능소화와 더불어 그들 부부는 헤어지지 않을 것이다. 나는 시들지 않고 떨어진 꽃을 주워 호주머니에 넣었다. 뜨거운 햇볕 아래 한 줄기 바람이 일어났다가 흩어졌다.

몇 해 전, 햇볕이 무척 뜨겁던 날 능소화를 처음 보았다. 어쩌면 이전에도 능소화를 보았는지 모르지만, 내게 능소화가 처음 각인된 때는 그 해 여름이었다. 오래된 한옥 담 너머로, 마치 고개를 내밀듯 핀 꽃이 인상적이어서 한참 바라보았다. 담 아래엔 활짝 핀 모습 그대로 떨어진 능소화 꽃송이가 뒹굴고 있었다. 시들지 않고 떨어지는 능소화는 처량해 보이기도 했고 핏발 선 저항으로 보이기도 했다. 동행한 노老선생님은 "능소화에는 어여쁜 여인이 꽃이 되어 님을 기다리며 담 너머를 굽어본다는 전설이 담겨 있다"고 했다.

경북 안동에서 4백여 년 전에 죽은 남자의 시신이 썩지도 않고 발견됐다. 시신의 품에서는 망자의 아내가 서럽고 안타까운

217

마음을 담아 쓴 편지도 나왔다. 시신은 어째서 4백 년이 지나도록 썩지 않았을까? 얇은 한지에 쓴 아내의 편지는 왜 변하지 않았을까. 과학적인 설명은 토를 달 수 없을 만큼 분명했지만, 이 분명한 과학이 사람 마음을 납득시키지는 않았다.

사람이 잊지 못할 슬픔이나 고통은 없다고 들었다. 세월은 강철을 녹이고도 남을 만큼 강하다고 했다. 그 어떤 슬픔이나 기쁨도 세월 앞에서는 밋밋해지는 법이다. 그러나 나는 이 세상에 사람이 잊거나 이기지 못할 슬픔이 있음을 안다. 죽어서도 잊거나 이기지 못할 슬픔에 대해, 시들지 않고 떨어지는 꽃에 관해 이야기하고 싶었다. 제대로 이야기할 만큼 내 눈이 밝지 않다는 게 늘 문제이기는 하다.

이 소설을 인간 존재에 관한 질문으로 읽어보는 것도 좋겠다. 여늬와 대결하는 팔목수라는 인간의 본능과 원초적 악의 상징으로 볼 수 있다. 갇혀 있지만 밖으로 뛰쳐나오려고 하는 인간의 무의식적 죄악감, 적개심, 공격본능……. 그러니까 팔목수라는 여늬 마음속에 있는 나쁜 표상이 외부로 투사된 투사체이며 여늬와 팔목수라는 동일인인 셈이다. 팔목수라가 긴 세월 동안 여늬가 가는 곳 어디나 나타나는 것은, 결국 그 자신이 여늬의 또 다른 자아이기 때문이다. 여늬가 만난 적도, 기억하는 것도 없지만 '낯설지 않은 팔목수라의 체취'에 놀라는 것 또한 두 존재가 동일하기 때문이다.

짧은 글을 비교적 오래 썼다. 글 쓰는 데 시간이 오래 걸리는 편이다. 꼼꼼히 읽어주신 자칭 청진기 의사와 금이정님, 예담 출판사의 설완식 기획위원님과 편집부원들께 감사드린다. 안동의 이야기와 문화를 알리기 위해 애쓰시는 안동대학교 박창근 교수님, 조성용 교수님, 김장동 교수님께도 고마움을 전한다. 글쓰기는 혼자만의 작업일 수밖에 없다. 혼자, 너무나 자주 혼자 있어야만 하는 나를 이해해주는 가족들에게도 고마움을 전한다.

키 큰 버즘나무를 잘라내고 심은 창문 너머 이팝나무에서는 올해도 꽃이 피지 않았다. 줄기나 이파리만으로 나무를 분별할 줄 아는 아이는 많지 않다. 이팝나무가 내년에는 쌀밥 같은 하얀 꽃을 피우면 좋겠다. 그래서 그 밑을 지나는 아이들이, 그 나무가 이팝나무임을 쉽게 알 수 있으면 좋겠다.

2006년 가을
조두진